Por muy difíciles que sean las cosas...

Eli Key

Published by Eli Key, 2024.

POR MUY DIFÍCILES QUE SEAN LAS COSAS...

First edition. April 6, 2024.

ISBN: 979-8224413775

Written by Eli Key.

A los que no se rinden en su misión de luchar por el amor de alguien.

"En el asfalto de lo crudo, donde la vida no pide permiso, solo florece el alma que se atreve a levantarse una vez más."

"En el asfalto de lo crudo, donde la vida no pide permiso, solo florece el alma que se atreve a levantarse una vez más."

Por muy difíciles
que sean las cosas...

Corazones entrelazados 5

Eli Key

A quién me regaló la oportunidad de escribir

Esta es una obra de ficción. Las similitudes con personas, lugares o eventos reales son totalmente coincidentes.

POR MUY DIFÍCILES QUE SEAN LAS COSAS

Primera edición. Abril 6, 2024.

Copyright © 2024 Eli Key. Escrito por Eli Key

Contenido

"Se veían aquí y allá algunas figuras agraciadas, con un estilo de belleza muy singular; un estilo, según creo, jamás visto en Inglaterra: un estilo sólido, firme y escultural. Sus formas no son angulosas: una cariátide de mármol es casi tan flexible; una diosa de Fidias no resulta más serena y majestuosa. Tenían los rasgos que los pintores holandeses eligen para sus madonas: las facciones típicas de las tierras llanas, armoniosas y redondeadas, ingenuas e impasibles; por la profundidad de su calma inexpresiva, de su serenidad desapasionada, sólo pueden recordarnos a los campos nevados del Polo. Las mujeres así no necesitan adornos, y casi nunca los llevan; el pelo sedoso, cuidadosamente trenzado, ofrece sobrado contraste con las mejillas y la frente, todavía más suaves que los cabellos. Nunca resultan, al vestir, demasiado sencillas; el brazo opulento y el cuello perfecto no precisan pulseras ni cadenas."

(Villette — Charlotte Brontë)

PRÓLOGO

Sentados sobre la banca de una plazoleta, me había tocado de cerca, sentir la fuerza de su valor. Ella estaba a dos pies de mí; y en tanto yo rebuscaba unos papeles dentro de mi bolso, pude percibir que me observaba; lo hacía con un semblante sereno, pacífico y cubierto de quietud. Su tez, esbozó una clara luminosidad al igual que una diminuta chispa se refleja en el espejo durante una noche de lluvia.

CAPÍTULO 1

En una casa ubicada en las cercanías de Colton, Elizabeth, con sus manos apoyadas sobre el marco de la ventana, observaba la luna, y a su luz derramándose sobre la ciudad, cubierta de espejismos, de candilejas, de luces en los callejones, junto a las miradas que se perdían, en un mundo que simulaba estar lleno, pero que en realidad, estaba vacío, inerte, deambulando sin vida, por los amplios corredores de los que sufrían, de los que se desangraban a través de las grietas de sus armaduras, entretanto la angustia, fulminaba sus energías, y la amargura les negaba respirar con calma.

Sus recuerdos viajaron hasta esos momentos donde su honor, dignidad y reputación, fueron arrojados a un hato de cerdos desalmados. En realidad, no quiso pensar demasiado en ello. Pero el rememorar vino solo, como cuando uno se distrae en el ambiente circundante y un inesperado pensamiento se cuela por la mente.

Pensó en el momento que se encontró con ese viejo amigo de la preparatoria. ¿Tendría lugar para una posible amistad con un hombre, ella que trabajaba sin descanso en su empresa, y que ahora, contaba con presiones laborales que le ocupaban todo el tiempo? ¿Se permitiría divagar en sensaciones que, antes clasificó como meros sentimentalismos sin sentido y emociones ocultas en botellas de plástico?

Pensativa y en combate con esas deducciones análogas, se fue a dormir. La noche conjuró rostros que se entrelazaron con los años y los recuerdos. Tibias láminas transparentes que contenían las historias de un pequeño mundo privado y muy personal, se cruzaron delante de su memoria.

Afuera, se acallaban los sonidos del día, y se extendían los otros, aquellos que convivían con los retratos de la arena, los trajes enmohecidos, los polvos de maquillaje, las flotantes enredaderas que vestían a los candelabros, y las hendiduras en los sentimientos de quienes habitaban al refugio de las sombras, escondidos de los demás.

Al día siguiente, Robert se levantó temprano y bebió de su café con crema de leche en tanto revisaba su Curriculum Vitae. Con sumo esfuerzo había conseguido que le dieran una entrevista por la tarde, en un centro comercial de la ciudad.

Esa mañana, con total lucidez, y con una motivación que influía en su sano juicio, se había despertado animado. Las siluetas blanquecinas de sus cortinas, se le antojaron mudos espectros visitándolo con el hambre y la renta para pagar. Al igual que su cama que le resultaba tan vacía y solitaria, que emulaba el lecho de un abandonado facsímil alterado involuntariamente. Los impacientes recuerdos del pasado, y de una época dorada, se manifestaban a través de unas inmóviles grietas, similares a unos ojos misteriosos que husmeaban su condición.

«Además está Elizabeth»

Precisamente en esa hora, la mencionada dama atribulada en su alma por una cuestión familiar, decidió caminar en lugar de ir a trabajar. El día cálido la llevó sin dirección y sin un rumbo fijo, hacia cualquier parte. Caminó con calma, fijándose por donde iba, memorizando ciertos detalles a su alrededor.

Avanzaba despacio, reflexiva, adentrada en el placer que le proporcionaba la actividad de pensar con claridad.

Vestida con una blusa blanca con inscripciones chinas y flores en tonos negros, unas calzas largas del mismo color, zapatillas del tipo running y una mochila de cuero gabardina de la buena suerte —donde llevaba un par de botellas de agua, una toalla chica y demás pertenencias.

A mitad de camino, inspeccionó la calle, y al voltear para ver hacia el otro lado, se encontró con un centro comercial y unas banquetas en las cercanías.

Pasó junto a una excursión de turistas procedentes de Japón, quienes la saludaron con sus clásicas inclinaciones de cabeza. Y por unos segundos, se sintió de la realeza. Amablemente, les devolvió la gentileza. De allí, continuó hasta desplomarse sobre uno de los asientos y se quitó los anteojos. Rebuscó en el bolso, su recipiente con agua.

«A pesar de que la temperatura no supera los 25°, el calor es un poco alto para mi gusto. Imagino que, debido a eso, descansaré un poco, para poder analizar este meollo de trato comercial que me ha sobrevenido de repente. Y, si lo que dice James es cierto, perderé la mitad de los bienes invertidos —cerró los ojos por unos segundos sintiendo el hastío de la cuestión. Suspiró concluyendo en una resolución—. Supongo que deberé yo misma, superar ese obstáculo, sin importar si mi desastre resulta en un estrago de proporciones bíblicas. Además, mis inversores no caerán rendidos a mis pies, porque para ellos, solo soy otra cara bonita que no tiene lo necesario para el mundo de los negocios. Aguardarán con sus sonrisas patéticas de filántropos demacrados, a ver hasta donde aguanto —hizo una pausa en sus contemplaciones. Enseguida, continuó con su meditación—. Creo comprender en parte, la pugna de las elecciones corporativas, y si el aspecto exterior de una fachada empresarial no representa el vínculo interno para lograr un producto adecuado a los intereses de los accionistas, todo se vendrá abajo, a pique como el Titánic. En definitiva, estoy sola, ¡y todo es un bochornoso fastidio!»

—Si me dijeran que hoy la encontraría aquí, no lo hubiera creído —escuchó por la izquierda. Robert, se presentaba delante de ella portando unos papeles.

—Señor Robert, que grata sorpresa, ¿ha venido en mi auxilio?

—¿Disculpe?

—Nada, olvídelo; estoy pensando en algo urgente, que, en parte, ha estado asfixiado mi aliento.

—¿Puedo ayudarla de alguna manera?

—Descuide, son cosas que atañen a mi oficina. ¿Viene usted a solicitar trabajo al lugar que se encuentra a mis espaldas? —sus ojos habían descubierto la carpeta que el recién llegado sostenía debajo de su brazo derecho.

—Está en lo correcto, Elizabeth.

— ¿Qué trajo consigo?

—Gran parte de mis datos, que espero sean suficientes para lograr algo.

— ¿Me los permite, por favor?

—Seguro, aquí los tiene.

Elizabeth, tomó los papeles, y los revisó minuciosamente sin levantarse de su asiento. Y en el último índice de antecedentes, garabateó algo con su bolígrafo. Y después, devolvió los papeles con una sonrisa.

—Amigo mío, el trabajo es suyo. Entre a ese lugar, dispuesto a cortarle la cabeza al dragón y no vacile ante las preguntas. Le he dado las llaves del reino. Y en cuanto las vean, obtendrá el empleo. Algo más, y se lo pido por favor, no me haga quedar mal.

Dicho eso, tomó sus cosas, se incorporó y extendió la mano al sorprendido aspirante.

—Gracias —balbuceó Robert—. ¿Sigue en pie la cita?

—Si el cielo no se abre hoy, y el mundo continúa girando, nos veremos según lo acordado. Y deje de llamarlo de esta forma. Todavía no estimo que sea una cita, más bien una reunión para interactuar y conocernos un poco.

—Claro como el agua.

—Gracias.

Esbelta, y dimanando una fresca presencia, se marchó desplegando elegancia y solicitud. Robert, permaneció viéndola hasta que se perdió de vista.

— ¡Rayos, la entrevista! —recapituló.

Luego de varias zancadas, se zambulló al centro comercial. El usual ajetreo de personas y anuncios, música y otros sonidos, lo recibió como a tantos otros visitantes. El mar de gente que iba y venía o en su defecto, subiendo y bajando por las escaleras mecánicas, lo envolvió en la vorágine típica de un ambiente de este tipo.

Sin demora, preguntó a un fornido guardia de seguridad, de tez oscura, el camino hacia el departamento de recursos humanos. El sujeto que no pasaba de los treinta, lo miró estudiando su comportamiento, como si fuese el acreedor de las almas solitarias a las que debía conducir al paraíso. Segundos después, colocó las manos en la cintura, y pidió que lo acompañara.

Más adelante, unas grandes y sobrias oficinas —pongámoslo de este modo—, lo intimidaron un poco.

«¿Quién será el guarda de este monumental edificio?»

Tomó aire, recordando las palabras de Elizabeth, y avanzó hacia la cueva del dragón. Una vez allí, la encargada de recursos humanos, con sus agudos ojos grises, habituados a este tipo de encuentros, chequeó al recién llegado, quien la contempló sentada detrás de un gran escritorio de caoba, y en cuya superficie lustrosa, se asentaba una lámpara cuyo valor, de seguro, valdría lo que pudiera ganar en un año. Asimismo, distinguió utensilios disponibles, como bolígrafos, matasellos, engrapadora, y un portarretrato visible solo para ella.

A pesar de estar recostada sobre su silla, resaltaba a la vista, que poseía una altura considerable.

Vestía una camisa blanca, y una pollera tubo del mismo tono que sus ojos, zapatos con tacones, y su cabellera castaña caía sobre sus espaldas y hombros en forma de una robusta trenza. Robert, destacó que había una peculiar firmeza en la personalidad de dicha mujer.

«Ni modo. Una amazona de estirpe mundial.»

Después de observarlo unos instantes, la seria empresaria, pidió que se sentara. El aludido obedeció, y la vio a los ojos, pero ella los apartó mientras guardaba unas cosas en uno de las gavetas de su escritorio.

— ¿Qué me has traído hoy, Kevin? —dijo exponiendo algo de severidad.

—Un posible candidato al puesto de recepción de mercaderías, señorita Julia.

— ¿Por qué lo dices?

—Lo vi hablando con la señorita Elizabeth.

—¿Einarson? ¿Elizabeth Einarson...?

—Ella misma.

—Interesante. A ver, ¿señor...?

—Robert, Robert Davies, señorita, ¡perdón!, señora.

—No, está bien, permítame sus papeles por favor.

La mujer examinó cada uno de los detalles del currículum. Robert, se aflojó la corbata para respirar mejor.

Después de repasar el referente, y de releer un par de puntos, se incorporó de su asiento. Se dirigió hasta una ventana, en tanto leía la última página.

—Señor Robert —dijo con aplomo—, mi nombre es Julia Sommers, y déjeme decirle que usted ha tenido mucha suerte en este día.

El aludido se descolgó en el ánimo al igual que alguien es consciente que se ha salvado de la horca.

—Habrá de saber que Elizabeth y yo, somos amigas, e iríamos a la guerra juntas de ser necesario; pero, en lo referente a negocios, nuestra amistad se suspende por encima de nosotros. Es decir, no permitimos que nuestros lazos personales interfieran con los roles que nos ha tocado desempeñar, exceptuando algo como esto, donde se me pide que haga lo necesario para que usted trabaje con nosotros —el recién liberado prisionero, se vio respirando con calma, la mujer prosiguió—. Al parecer, usted ha causado buena impresión en ella. De todos modos, será puesto a prueba, y en el lapso que consideremos oportuno, analizaremos su labor y compromiso con el lugar. Solo ahí, hablaremos. ¿De acuerdo?

—Sí, lo entiendo. Y gracias por la oportunidad.

—No tiene por qué darlas. Kevin, le dirá cuando comenzar.

—Muy bien, gracias de nuevo.

Más tarde, después de la entrevista, el recién incorporado empleado, sacó el celular del bolsillo, y como fue de esperarse, muerto, nada de batería, ni de crédito para una miserable llamada. Sin detenerse en tal nimiedad, fue por su auto ¿Gasolina? Lo suficiente como para llegar hasta su departamento.

—¡Brindo por eso!

A toda prisa, partió en pos de su destino. En el camino, buscó parodiar diferentes motivos de plática con la cual intercambiar conversación con Elizabeth; y a cuál de todas, la peor. Se reprochó verbalmente, hasta que exclamó:

— ¡Rayos Robert! Será mejor que te calmes o de lo contrario serás una imposible bola de nervios.

Y en esa fulminante determinación se encontraba, cuando una moto se adelantó con imprudencia, obligándolo a realizar una veloz maniobra para no estrellarse contra otro vehículo.

— ¡Condenado motociclista, hijo de una cabra loca! ¡Deberías ser arrestado, estúpido cabeza de alcornoque!

Y como si de repente, su exacerbante comentario hubiera sido escuchado, el motociclista se orilló más adelante y a un lado de la carretera. Con las manos en alto, le indicó que se detuviera.

Intrigado, el pertinaz automovilista, decidió obedecer y detenerse.

Se bajó de su coche y fue hasta el insolente y temerario motociclista que todavía ceñía su casco. El imprudente, colocó las manos en posición de orar suplicándole que lo perdonara. Robert, suspiró con fuerzas y llevó las manos a la cintura.

—Si, está bien amigo. Confieso que me arrojaste por unos segundos al borde del miedo; no obstante, emulando una vieja cabriola de Schumacher, pude salir airoso. Despreocúpate, y continua tu camino. Todo está bien.

—Gracias al cielo —respondió una voz femenina oculta en la polarizada visera—, creí que por unos momentos... Espera un momento —se acercó un poco más hacia el resignado automovilista. ¿Robert? ¿Robert Davis...?

El muchacho decidió prestar atención al detalle.

—Eh... sí.

—Soy Helen —respondió la mujer, en tanto se retiraba el casco—¡Helen Brown! La pecosa del asiento de atrás, que se sentaba junto a la popular Elizabeth.

Recién entonces, su interés se fijó en la figura femenina, y francamente, la inesperada conductora de la Kawasaki de color negro, Versys 650, resultaba una impresión atractiva a la vista. Su cuerpo al tono, ajustado por el uniforme de la misma tonalidad que su máquina, le dibujaban contornos con ideas definidas en lo concerniente a la sensualidad. Su terso rostro, maquillado sin demasiados realces, le proporcionaban un aspecto suave, junto a sus rasgos, que, en su mayoría, resultaban agradables; y, en cuanto a sus ojos azules, presentaban una elipsis en el contorno superior, brindándole cierto misterio oriental. O eso fue lo que supuso.

— ¡Hola, Helen! Vaya... es bueno verte. Ha pasado mucho —y estás enorme y voluptuosa. ¡Caray!

—Opino lo mismo. ¿Qué estás haciendo por estos lados?

—Vengo de una entrevista de trabajo

— ¿Te ha ido bien?

—Si, una amiga en común, la popular Elizabeth, me dio referencias suyas, y con eso logré entrar.

— ¿Has estado con ella, entonces?

—Sí, lo estuve —dijo y calló, prefiriendo no decir nada más.

—Es una buena mujer, aunque, creo que en estos momentos se encuentra en aprietos con su firma. Y en cuanto a mí, poco tiempo hace que estoy viviendo en Leeds, y para serte sincera, es mi empresa la que la tiene a maltraer. Mis socios buscan fusionar ambas firmas, pero ella no lo desea. Su empresa, es una extensión de la original que ha pertenecido a su abuelo desde hace mucho.

—No lo sabía.

— ¿Estás saliendo con ella?

—Todavía no, es decir nos hemos visto un par de veces, pero sin oficializar ninguna cita (hasta hoy)

—Mira galán, este sábado daré una fiesta para los de nuestra generación. Vendrán de todas partes, y estás invitado, ¿a decir verdad?, eras el único de la lista que faltaba y... —sonrió satisfecha—; ahora te encuentro, es el destino, ¿no lo crees?

—Puede ser. Pásame la dirección, y veré si puedo ir.

—En realidad, me gustaría que fueras. Ven conmigo —fue hasta su motocicleta y extrajo una pequeña carpeta de la parte de adelante—. ¡Sí, aquí está! ¿Ves?, te lo dije, faltabas tú.

Tras intercambiar números y demás, Helen encendió el motor. Los ojos de ambos se vieron por unos instantes con una notable característica de asombro.

—Por favor no faltes Robert, siempre fuiste bueno conmigo, aun cuando yo no lo fui. Lamento por todas aquellas veces que te puse mal, por esas estupideces de mi parte que hoy no vienen al caso.

—Nunca llevé un registro. Tal vez porque te admiraba. Me parecías sensacional.

Helen parpadeó y sonrió complacida.

—Gracias, y de nuevo te repito mis deseos de que estés presente.

—Haré lo posible.

«Indudablemente posees un buen par de piernas, muchacha.»

En ese preciso momento, Helen lo vio.

—¿Qué miras, chico? —dijo sin expresión en su rostro.

—Tus piernas. Ten una buena jornada, Helen.

La aludida abrió los ojos, y sonrió negando con la cabeza.

—igualmente tú —agregó sonriente.

Al siguiente, se marchó, dejando a un anonadado Robert, cavilando respecto del encuentro.

—Me he topado con dos empresarias. ¿Qué me estás queriendo decir universo...?

Lejos de ahí, Elizabeth arribaba a Web Services GPS, su firma de informática, de la que era cofundadora. La misma se ubicada en el segundo piso de un importante edificio en el centro, a pocas cuadras del río Aire.

En la actualidad, y debido a la escasez de servicios y demandas, la empresa había entrado en un periodo de recesión, a causa de algunos ajustes llevados a cabo por otros consorcios afiliados a ciertos patrones fiduciarios, correspondientes a un determinado número de accionistas.

El punto en cuestión, descuidado por cierto y por mero consentimiento mutuo, entre uno de los socios y la mayoría del gabinete, se había optado por ofrecer una inmediata fusión con Absolut Group Game, una empresa de videojuegos en expansión, a saber: en Reino Unido, Estados Unidos y parte de Europa Central. Cabía destacar que, la empresa que Elizabeth dirigiera en conjunto con Patrick Smith, un ex financiero originario de Argonaut Soft, formaba parte de la Bizarre Games Uk; una empresa principal fundada por su abuelo, durante la década de los setenta.

La naturaleza de la idea monomaniaca de Patrick, un sujeto de cejas pobladas y trillado por los constantes baños de sol, ojos alargados, barba cuidada en la típica forma de candado, contextura firme y adiestrada, consecuencia de los deportes extremos, se había adjudicado el plan de la fusión, y como tal disparate, lo había fomentado al mismo tiempo, en las reuniones con los demás accionistas. Por supuesto, todo a espaldas de Elizabeth.

— ¡Julia, buenos días! —saludó a la recepcionista. Una delgada muchacha oriunda de gales, cabello rizado,

— ¡Buenos días señorita Elizabeth!

— ¿Novedades o informes?

—Alguien la espera en su oficina. Una excéntrica señorita con tono burgués. Creo que debe representar, a una asociación de motociclistas.

Elizabeth, arrugó el entrecejo.

—Helen —dijo por lo bajo—, Julia no me pases llamadas, únicamente, si es el imbécil de Arnold.

—Si señorita.

Elizabeth, vistiendo acorde a su gusto, faldas negras de lápiz cortas a la rodilla, un saco abierto en la cintura recto con botones, mangas cortas y solapas de mariposa y zapatos con tacones finos, también del color que el resto de su atuendo, caminó impaciente hasta su oficina.

La luz cálida del sol, entraba a través de los enormes ventanales del mencionado recinto ejecutivo. El sitio guardaba cierta comodidad, sin formalismos. Con paredes revestidas de un color pastel, una mesa de roble de tono verde oscuro, y una silla escritorio en color negro, más dos Baltimore para clientes, otro par de buró Manchester de cuatro cajones cada uno, dos sillones de cuero para oficina en color negro, y algunas plantas de interior, brindaban al sitio, un ambiente acogedor, sobrio si se refiere.

— ¡Helen, que grata visita! —saludó a la recién llegada, que ojeaba unas revistas.

—Al fin, mujer —dijo poniéndose de pie— aunque en la buena fortuna, no eres muy difícil de hallar.

—¿En qué te puedo servir?

—Vamos linda, sabes a qué he venido.

— ¿Me iluminas, linda?

—De acuerdo, juguemos al habla y paréntesis, yo hablo y tu añades.

—Dime.

—En primer lugar, nuestra hipótesis tiene un buen lineamento mental, y no es una paradoja comercial lo que te proponemos. Todo lo contrario, es una unidad, una unidad factible y efectiva.

—Deliras.

—Déjame terminar, por favor; pero antes, ¿sabes que hoy me crucé con Robert...?

Elizabeth acusó la sorpresa, permaneciendo inmutable y sin mediar respuesta en sus gestos.

—No, no lo sabía.

—Él me dijo que ustedes, ya habían estado hablando.

—Si, un par de veces, solo eso.

—El chico está en buena forma, como sea, lo he invitado a una fiesta que daré en honor a nuestra generación, ¿te gustaría participar?

—No lo sé, debo trabajar hasta tarde y ver que...

—¡Elizabeth! La misma de siempre, leal a su labor, comprometida hasta el fin.

—Tengo cosas que hacer Helen, sino te importa.

La muchacha que vestía de la misma forma que cuando se encontró con Robert, cambió el semblante.

—Muy bien Elizabeth. En pocas palabras, y para no generar confusión ni reflejar una falsa impresión, te extenderé la propuesta final. Y en caso de rechazarla, nuestros accionistas, iniciaran una cacería de brujas en tu convento.

—No me amenaces, niña. Ve al punto —expresó forzándose a mantener la calma, imaginando consecuencias desagradables para ella.

—Patrick, ha cedido su parte de las acciones en conjunto con el resto de la asamblea, y como verás, solo quedas tú —la dueña de casa, sintió un aguijón en su corazón, la severidad se dibujó en su rostro, mientras el desconcierto recorría sus ojos—. Me apena decirte que el contador principal de la firma de tu abuelo, Percival Arnold, le ha dado a Patrick, un poder legal para que decida lo que es mejor para la empresa, tras lo cual y después de haber solicitado una garantía de trabajo, envió la renuncia a tu firma y solicitó trabajar para mí. Creí que lo sabías, porque Patrick dijo que te había comentado acerca de la renuncia de Percival —la mirada de zozobra de Elizabeth, le indico a Helen que algo había sucedido sin que ella se diera cuenta—. Lo siento querida, deberías haberlo previsto, ese sujeto tiene mañas que, en consecuencia, y si fuera por mí, lo habría echado a puntapiés, pero se las ha ingeniado para ser admitido como accionista.

—¡Suficiente! —dijo, apoyando las manos sobre su escritorio—. No quiero saber más. ¡Lárgate de mi oficina!

—Lo lamento, sabes que...

—¡Helen! Lárgate de mi oficina. ¡Ahora!

La interpelada tomó su casco y se fue, no sin antes dedicarle una comprensiva mirada.

Elizabeth, se desplomó sobre su silla y apoyó los codos sobre la mesa, sintió que la paz abandonaba su alma y la sangre se le congelaba. La indignación dio lugar al llanto. Sus pensamientos, se atoraron en un rizo confuso.

«¿Es posible que haya sido engañada de esa forma...? ¿Cómo? ¿En qué momento...? ¿Y por qué Patrick me ocultó la renuncia de Percival? ¿Qué rayos ha estado ocurriendo a mis espaldas?»

Percibió un trastorno engullendo su ánimo, y a la desazón que agarrotaba su aliento. Un precoz dolor de cabeza comenzó a remitirse en su nuca.

La noche anterior, había procurado mantener una resuelta posición frente a los hechos presentados el mes pasado por la junta de accionistas. Ahora, se veía debilitada y sin carácter para confrontar nada.

A su alrededor todo se oscureció se pronto. Le pareció que un viento gélido soplaba sobre ella. El recinto comenzó a desaparecer frente a sus ojos. Al segundo siguiente, se desvaneció y se inclinó hacia un lado. Pero en ese momento, tuvo la sensación de que alguien corría hacia ella, gritando su nombre. En medio de la súbita somnolencia, alguien se dejó oír:

—¡Te tengo, te tengo!

Fue todo, el desmayo la cubrió por completo.

CAPÍTULO 2

Insoportable, fue el mareo; el gusto amargo de su boca, la lentitud de su entorno, y la incapacidad de saber lo que ocurría. El tiempo que entretejía lapsos de interrupción con la realidad, la jaqueca, junto al confuso despertar, fueron tediosas neblinas que se oponían en su mente. Los ojos lucharon por abrirse, Y la conciencia regresó con en dilatados espasmos.

— ¿Qué...? —murmuró con suavidad.

—Tranquila, despacio —dijo alguien a su lado.

— ¿Quién...? —las imágenes retornaban a su mente sacudida por el sopor de los incidentes— ¿Robert?

—Si muchacha, casi te das contra el tapiz, afortunadamente estuve a tiempo de impedirlo.

— ¿El qué...? —preguntó colocando una mano en su frente.

—En tu oficina, ¿no lo recuerdas?

El instante vaporoso, liberó sobre su memoria, los hechos del inusitado acontecimiento.

—Oh, sí —dijo con un suspiro—, lo recuerdo. La mocosa de Helen me arrojó su propuesta sin anestesia.

—Vi cuando se marchaba del edificio y... no entiendo a qué te refieres con ella.

— No lo hagas, olvídalo... Todo me da vueltas, y tengo sueño, mucho sueño. Supongo que dormiré un poco.

—El calmante está haciendo efecto —dijo una delgada enfermera del St James University Hospital—; será mejor, permitir que descanse.

Afuera de la habitación, el doctor intercambió algunas palabras con Robert.

—Reposo, reposo y reposo, todo en ese orden. No ha sido nada, solo una conmoción en respuesta a una emoción fuerte. En lo posible, que descanse unos días, y si surge algún inconveniente, que regrese o me llame. ¿Sabes algo de sus padres?

—Gracias Doc. Y en cuanto a sus padres, no lo sé. En la oficina me han dicho que se encontraban de viaje. De todas maneras, ya habrán sido notificados.

Más tarde, sentado en la sala de espera, Robert rememoraba tiempos durante su época de preparatoria.

«Almidonado hasta más no poder, flacucho y de escasos recursos tal como lo soy hoy. Ella, en cambio, siempre como un ángel, vistiendo como una diosa sin el suplicio de la falta de inteligencia. Maravillosa en cuerpo y alma, sin la brusquedad de la arrogancia, ni la acritud de los pusilánimes que la rodeaban. Toda en ella, era justo y decente. ¿Cómo reclamar para mí, una mujer de este tipo? Una mujer que manifiesta emotividad, sin la aprobación de nadie. ¡Porquería!, con que rapidez me enamoro. Y siquiera hemos tenido una cita. Iré por un refresco.»

Una hora más tarde, la enfermera lo invita a pasar.

—Solo unos minutos, reglas del hospital. Mañana, si todo sale bien en sus exámenes, podrá retirarse.

—Perfecto, gracias.

Ingresó a la habitación y acercó una silla hasta la cabecera, reprendiendo a la vez, toda negligencia que lo pudiera asaltar de besar sus mejillas e incluso sus labios. Después de todo, estaba dormida, pensó, ¿cómo habría de saberlo? El deseo rió dentro suyo, arrastrándolo cual hojarasca.

Labios sensuales, tersas mejillas. ¡Solo un beso!, gritó su ardor que profería por salir. Se removió incómodo en su asiento.

¡Condenada tentación! ¿Cuánto soportaría? Sus pensamientos se dispararon en todas las direcciones.

—Debe salir, señor —escuchó hablar a la enfermera.

«¡Impertinente Quimera! ¿Has venido a destrozar mi sueño, las ansias de besarla y poder sentir ese dulce placer del cual, pudiera experimentar saciedad y sosiego?»

—Señor, por favor, debe salir.

—Si, está bien, solo… —empujado por el deleite de experimentar el sabor del encanto que la muchacha ofrecía, se aproximó hasta ella, y la besó. La suavidad de esos labios, fue un maravilloso néctar Nunca se imaginó que alguna vez, le robaría un beso a esta mujer. Se enderezó y salió impelido por su euforia.

«Después de todo, ha sido un beso como compensación de haberla ayudado. Aunque, su boca sabía a anestesia. ¡Ja! Este malandrín se robó un beso con gusto a fármaco. Menuda sensación me quedará por un tiempo.»

Hacia la tarde noche, sus padres arribaron al hospital, presurosos, agitados y preguntando: por su hija.

David Einarson un robusto inglés, con aspecto de marino enfadado, de voz ronca, rostro redondo, bonachón con aire de abuelo exigente y que vestía un traje gris; acompañaba a una esbelta señora de porte europeo, diría más bien continental, de rostro anguloso, semblante melancólico, ojos grandes y negros, y una tez similar al de su hija.

Samantha Libanny, su apellido de soltera, merecía el trato que toda mujer de su corte proporcionaba.

El médico de cabecera saludó a los visitantes, y prosiguió a calmarlos informando que su hija se encontraba en buen estado, y que, por gentileza de este joven, —un samaritano desconocido, que permanecía sin moverse—; su estado no había previsto complicaciones.

El señor David, se aproximó al muchacho y sopló sobre él como un Velociraptor que distingue una presa de baja calidad, para después alejarse en dirección a la habitación de su hija.

Samantha, por el contrario, alta al igual que una efigie cuya voluntad no se mezcla con el resto de los mortales; pero que admite algunos en su séquito; lo vio tal cómo era: un muchacho que tuvo una destacada acción noble hacia su hija.

— ¿Cómo te llamas?

—Robert, señora.

—Gracias, hijo; muy amable de tu parte al ayudar a nuestra hija.

Acto seguido se marchó dejando en el aire, una fragancia a no—me—olvides, y tímidos y bajos sonidillos a campanillas. De verdad creyó escucharlos. Hasta que se dio cuenta que era su celular.

—Hola, Sonya, mi abogada favorita.

—Grandote, ¿a qué no sabes?

—Espera, estoy en el hospital.

— ¿Qué? ¿Qué te ha sucedido...?

—Nada, estoy por alguien más. Aguarda, iré hasta el vestíbulo para que podamos hablar.

—No. Está bien, cariño. Igualmente, te llamaré en otro momento o puede que mañana te visite. Ya veré lo que hago. Tú, ¿estás bien?

—Si, no te preocupes. Espero tu llamada, entonces, o tu visita.

—De acuerdo, nos vemos, cielo.

—Adiós.

A tiempo posterior, viendo que los padres de Elizabeth tenían todo bajo control, aprovechó para devolverse a su casa. Afuera, se sintió vigorizado por la refrescante y bullente noche de luces y estrellas. Respiró en profundidad, miró hacia atrás, y se retiró del lugar.

Varias calles más adelante, detuvo el coche para comprar algo de comida chatarra, no disponía para más.

Minutos más tarde, se encontraba en su desvencijado sillón, golpeando el control remoto que no funcionaba. Finalmente se rindió, y sintonizó en modo manual el canal de música. Se fue a su cama, y al poco rato se durmió.

Por la mañana, unos toquidos dados con fuerzas en la puerta principal, lo despertaron. Luchó con la somnolencia, hasta que se levantó medio adormilado. Los sonidos se escuchaban con insistencia.

— ¡Ya voy! ¡Ya voy! —abrió la puerta, y se encontró con una sonriente y atractiva mujer que vestía para un día de oficinas y que traía un par de cafés, junto con unos pequeños paquetes. Un desayuno, que su amiga le alcanzaba todos los días, antes de ir al buffet El joven anfitrión, con una amplia sonrisa, investido con solo sus pantaloncillos cortos, saludó a la visitante.

—En verdad —dijo la recién llegada—, tú sí que eres mi apostolado muchacho; mírate, ¿qué pasaría si hubiera sido tu chica? Mi querido, deberías tener un poco de cuidado con tu aspecto.

Robert sonrió con pereza, y con algo de tristeza.

—Si, Sonya, tienes toda la razón, pero lo he estado pensando detenidamente, y la cosa parece no tener idea de funcionar.

— ¿A qué te refieres?

—Ya vengo, Iré a asearme.

—Aquí espero, galán.

Cuando las manecillas del reloj daban las ocho de la mañana, ya de regreso, el anfitrión se abotonó su camisa y aspiró con fuerzas, como si lo que fuera a decir en unos momentos, requiriera de mucho esfuerzo.

—Ella es de clase olímpica —dijo resignado—, por no decir mundial; mientras que yo, bueno... un mero testaferro aferrado a sueños locos y pocos convencionales.

—Oh, mi querido, ¿sabes por qué me quedo contigo?

— ¿Porque soy tu buena obra de caridad que compensa los altos honorarios que cobras a otros como abogada?

La carcajada de Sonya, resonó en la habitación.

—Quizás no lo recuerdes, pero yo sí lo llevo bien grabado en mi memoria. Ten tu café y siéntate a mi lado. Aquí tienes tus galletas de proteínas y los pretzeles.

—Gracias, ¿qué haría sin ti?

—No digas eso y escucha. Verás... cuando éramos adolescentes, y estábamos en la secundaria y a posterior en la preparatoria, tú eras el único que me trataba con respeto sin pasarte jamás de la raya. No solo eso, siempre me ayudabas cada vez me veía en aprietos con los patanes del colegio, los cuales, gustaban tirar de mis cabellos —odiosos prepotentes—; pero, y he aquí la ironía, mi hidalgo caballero de armadura brillante, porque hoy, ellos trabajan para mí. No todos, pero sí, la mayoría.

—Pobrecillos. Y en todo caso, agradezco lo que has hecho por mi Sonya, y a partir de mi primer cheque, ya no tendrás que...

— ¡Ahora escúchame bien, Robert! —dijo con una tenacidad y firmeza tal, que obligó al aludido no moverse de su asiento—. No me importas si ganas la lotería, seguiré trayéndote el desayuno, ¿o acaso ya no serás mi amigo?

—Tranquilízate, bonita; solo bromeaba.

—Hum... desagradecido y bufón. A todo esto, ¡noticias bomba para ti, grandote! ¿A qué no imaginas quién ha contratado mis servicios?

—Dime.

—Absolut Group Game, cuya socia mayoritaria es, Helen Brown. ¿No te parece increíble? Me han dicho que ella se encuentra por la zona —Robert no dijo nada y continuó saboreando su pretzel—. Te cuento algo más, es una muchacha con mucha capacidad para la conducción y a la vez, es implacable en los negocios. Terminó su maestría en los Estados Unidos, sin embargo, no le ha resultado fácil llegar a su posición actual. Posee una considerable habilidad para fusionar empresas pequeñas con la suya, y debido a eso, ya ha absorbido una buena cantidad de ellas. Con todo, no es de las que se jactan de tales operaciones. Se rumorea que hubo muchos candidatos que la persiguieron, pero sin resultados. Es inquietante y pensativa, sin ambiciones desmesuradas. Últimamente ha dirigido sus pasos hacia la Web Services GPS, la empresa que lidera tu novia.

— ¿Quién? ¿Elizabeth? No, ella no es mi...

— ¡Sí! Ella misma, y lo que a continuación te comentaré, es confidencial. Ya ha tomado control de dicha empresa o expresado de otro modo, su socio: una billetera sin escrúpulos, movido solo por el dinero y sin tener en cuenta la más mínima consideración hacia el material humano; arregló toda la cuestión de una forma extra oficial con los accionistas de la empresa, y todo se debió a que, un contador desprovisto de compasión, le cedió un poder legal, para que conviniera con el acuerdo de la fusión.

Robert, terminó de unir cabos

— Vaya, ahora todo tiene sentido.

— ¿A qué te refieres?

— ¿Recuerdas tu llamada de ayer por la noche?

— ¿Sí?

—Verás, por la mañana de ese mismo día, mis pasos me llevaron hasta la empresa de Elizabeth. Y llegué en el preciso momento, cuando Helen abandonaba el edificio. Después de ver que se marchaba, subí hasta el segundo piso, y una vez ahí, la secretaria me dijo que esperara, pero me interpuse diciendo que le daría una sorpresa. Para cuando llegué al despacho general, pude observar a través de la puerta entreabierta, que Elizabeth estaba de espaldas y viendo a través de la ventana. A punto me encontraba de abandonar el lugar para no molestarla, cuando se movió hacia la derecha y de un modo errático, como cuando has perdido el equilibrio y te balanceas con miras de irte contra el suelo. Empujé la hoja, y corrí hacia ella, arrojándome justo por debajo de ella, para impedir que su cabeza golpeara en la dura superficie.

—¡Cielos! ¿Ella, está bien?

—Sí, no ha sido sino solo una descompensación, nada de qué preocuparse.

—Imagino que el tema fusión tuvo algo que ver...; pobre chica, no me imagino el tipo de presión al que debe estar siendo sometida. Y dicho esto, veré o mejor dicho investigaré de no estar involucrándome en nada raro.

—Puede que estés en lo correcto.

—Como sea, esta ha sido una conversación del todo interesante, ojalá se resuelva en favor de tu novia.

—Que no lo es.

—Es cuestión de tiempo, mi amigo. Debo irme. Llámame en caso de que necesites algo.

—Así lo haré, y gracias de nuevo.

—Ni lo menciones querido, cuídate y pásale mis saludos a Elizabeth cuando estés con ella.

—Tenlo por seguro.

Esa mañana, poco después de las diez y repuesta de su desmayo, Elizabeth recibía el alta. Salió escoltada por su padre, su madre y un amigo de la firma, recién llegado de España, el cual empujaba la silla de ruedas. Un educado y estirado muchacho inglés, de baja estatura, que vestía de manera formal y calzaba zapatos caros. Éste peculiar joven, se movía con sus declaraciones, con una abundante precisión de pensamientos perspectivistas.

De ojos pequeños, agudos y comunes, rostro cuadrado, tez morena, cabellos ondulados y una contextura poco prometedora para el deporte, expresó con notable distinción:

—Siento decirle señor y señora Einarson, que nunca se sabe lo que se puede hallar en los inverosímiles recovecos de los negocios; además, la señorita Elizabeth, aventajada por el ingrato Percival, no contempló la intervención de esa situación.

—Te olvidas de algo importante, Simón —acotó Samantha sin dejar de ver hacia el frente—. El poder otorgado legítimamente por ese ruin y sucio contador, nos deja sin chances, recuerda que no estamos lidiando con contratistas de la madera.

—Lo sé Samantha, lo sé; aun así, creo que, deberíamos ajustarnos a lo esencial. Elizabeth, todavía no ha dado su firma, y eso, puede que nos permita ganar tiempo extra, antes que el voto mayoritario obligue a dar comienzo a la transacción.

—Ellos continúan revaluando el acuerdo —interrumpió Elizabeth—, y eso acaba de darme una idea —saltó de su silla—, gracias, puedo yo sola desde aquí. Luego te llamo, mamá. Adiós papá.

—Cuídate, hija —saludó su madre.

La joven empresaria, detuvo un taxi, tomó su celular y llamó a Robert.

Sus padres acostumbrados a sus imprevistas reacciones, la dejaron ir.

—Te lo he dicho Simón —acotó Samantha— ella no esperará a que las piezas encajen, supongo que deberemos esperar hasta que haga su próximo movimiento.

—¡Vamos, Robert, responde la llamada!

—¿Sí? —se escuchó del otro lado.

—Robert, soy Elizabeth. Dígame por favor, si puede contactar a su amiga Sonya.

—Pues, si —respondió atorado por la imprevista llamada—. ¿Cuándo desea verla?

—Ahora mismo.

—¿Ahora, ahora?

—Si, por favor, ¿puede?

—La llamaré, y en cuanto de con ella, me comunicaré con usted.

—¿Dónde vive usted? —preguntó de súbito. Robert tartamudeó y tosió un par de veces, al comprobar la condición en la que se hallaba su sagrado aposento—. Iré para allá.

—¿Quiere venir a mi departamento?

—Si, deme la dirección, por favor.

Hubo una pausa que molestó a la muchacha.

—¿Robert?

—Si, si, aquí estoy. Discúlpeme, tuve una distracción con mi cocina...; ahí le envío mi domicilio.

—Gracias, y espero no importunar nada.

—No, descuide. Todo está bien.

—Muy bien. En ese caso, nos veremos pronto.

—Aquí la espero.

Poco después de haber pedido a Sonya que viniera hasta su casa. Un histérico muchacho rompía en desesperación y aparente descontrol emocional, con intenciones de ordenar su departamento, más bien su sala de estar.

—¡Rayos! ¡Rayos! ¿Cómo llegué a esta situación? Elizabeth viene hacia aquí y no tengo ni la más remota idea de porque lo hace.

Disgustado consigo mismo, a causa del precario estado de su hogar, no dejaba de mascullar improperios en un delicado inglés.

— ¡Esperanzas es lo que necesito para arreglar este tugurio! Si al menos tuviera la certeza de cuánto tardará, manejaría el asunto con más calma.

Debajo del ropero, debajo del sofá, en las alacenas, cualquier lugar para ocultar sus cosas resultaba adecuado. De pronto dio una exclamación

— ¿Qué rayos es eso…? —señalando hacia un bulto pequeño moviéndose con rapidez en el interior de una caja en busca de una salida— ¿Un ratón? ¿Tengo una rata en mi casa? ¡Carajo! ¡Justo ahora tengo ratas!

Los gritos para atrapar al inesperado roedor, acompañado de un estrafalario ruido a cacerolas que rodaban, y fuertes golpes que sonaban contra la pared, lo que, por cierto, conjugaba un acto de total vandalismo; hizo que los moradores del edificio, salieran a investigar de que se trataba todo aquel escándalo. Más, tales sonidos y gritos de guerra, propinados por un esforzado cruzado, hicieron que todos, se devolvieran de nuevo al interior de sus respectivos departamentos; pensando que, tal vez, el vecino de pronto se había vuelto loco o en el peor de los casos, estaba matando a alguien.

Una anciana se aventuró a querer llamar a la policía, pero al instante, desistió, intrigada más por saber de qué se trataba todo aquel alboroto, que ver a los uniformados irrumpir en la calidez de sus hogares.

La suerte sonrió esta vez al imbatible cazador que revolvía aquí y allá, buscando dar con el temible y escurridizo pequeñuelo de color gris.

Para cuando dio por finalizada la tarea. Orgulloso veía a su diminuta y asustadiza presa, encerrada en una caja.

— ¡Ahá, malandrín come-queso, te atrapé!

Ufanado de su victoria sobre el ratón, no advirtió el desastre que había originado su fanática persecución. Y en el momento que lo supo, nuevamente exclamó.

— ¡No! ¡No! ¡Mira lo que has hecho Robert! ¡Puerco ratón de feria, la culpa es tuya! ¡Debería aplastarte cochino roedor!

Y otra vez la fiebre de la jungla por desbaratar esa montaña de objetos y cacharros desparramados por todas partes.

Dejó al pequeño delincuente sobre la mesa, y se dio a la tarea de organizar su catástrofe. De nuevo, aquí y allá, entre saltos y moviéndose sin pausa. Hasta que, minutos más tarde, todo parecía estar en un perfecto orden.

A punto estuvo de arrojarse a su sillón para recuperar el aliento, cuando recordó a su prisionero. Tomó la caja y decidió dejarlo en el bote de basura que se hallaba sobre la acera.

Ya bajaba por las escaleras, en el momento que escuchó cerca de la puerta de entrada, la inconfundible voz de Elizabeth, que preguntaba al portero, por el número del departamento de su amigo. Su corazón dejó de latir, al escucharla venir en su dirección

— ¡Carajo, me lleva la que me trajo! —dijo por lo bajo—. Estoy hecho un desastre. No puedo dejar que me vea con esto y de este modo.

De nuevo ingresó a su apartamento, y de ahí fue hacia la ventana. Con cautela, salió por ella hasta la cornisa, se apoyó con cuidado contra la pared, y desde allí, caminó hasta la esquina, procurando no resbalar ni soltar su caja.

¡Qué insondable expectativa se apreciaba desde la altura de su segundo piso! La prueba exigía valor y la muchacha que ya tocaba a su puerta, se lo daba. Miró hacia abajo, y observó que la tapa del bote de basura no estaba. Un tiro directo desde esa posición no tendría fallas.

Y justo en ese preciso instante, una voz lo sacudió haciéndolo trastabillar, por poco y se va con ratón y todo hacia el vacío.

— ¡Robert! ¿Qué estás haciendo ahí? —Sonya, asomaba la cabeza y detrás de ella, una peculiar Elizabeth. lo observaba en un intento por descifrar su comportamiento—. ¡Te caerás muchacho, ya deja lo que estés haciendo y ven aquí, tienes visita! —agregó señalando con su dedo pulgar hacia atrás.

— ¡Voy en un minuto!, debo arreglar un caño que pierde agua; además, ella quería hablar contigo, no conmigo.

—De acuerdo, pero no hagas tonterías. Y termina rápido.

«Ni que se tratara de un sexo casual con el peligro.»

Ambas mujeres, retornaron al interior de la habitación. Robert se movió para poder regresar, y su pie derecho resbaló de la cornisa. Exaltado, abrió los ojos e instintivamente, llevó su mano a la boca para ahogar una exclamación —un inútil y tonto gesto—; porque perdió su asidero, y de espalda fue a dar contra unos mullidos árboles y arbustos. Los gemidos de dolor, resonaron en el área.

Refunfuñando por causa de la caída, se levantó con un fuerte dolor de cintura, y emulando el caminar de un anciano llevó su carga hasta el bote de basura, sin embargo, el ratón ya no se encontraba en la caja. Arrojó reprimendas a izquierda y derecha y regresó al edificio. Unos chicos que pasaban en patineta, le gritaron:

— ¡Hey, viejo enclenque! Deberías hacer más ejercicios o conseguirte una novia que te ayude a caminar.

—¡Condenados mocosos, los azotaría con un bastón que no tengo!

Las carcajadas se perdieron en la calle. Y con las piernas separadas tal cual si hubiera caminado kilómetros a lomos de un caballo, y frente a las risas de quienes lo vieron en la entrada del edificio, ingresó al lugar.

«¡Vergüenza! ¡Vergüenza absoluta! Estoy extenuado y maltrecho, y siento el dolor, mucho dolor. ¡Rayos! ¡Nunca más haré esto, y entrenaré alpinismo no bien tenga la oportunidad! Estúpido ratón miserable.»

Con mirada decidida enfrentó la puerta que daba a su departamento, y una vez adentro, pudo sentir el ambiente de quienes hablan por lo bajo para no ser escuchados. Y para las jóvenes mujeres sentadas en el sofá, su aspecto, representó la prueba viviente de un reo golpeado hasta más no poder.

Asustadas, al distinguir que caminaba de forma poco regular, preguntaron qué había sucedido. Intentó complacerla narrándoles algo corto; pero no encontró la paciencia para hacerlo, ni tampoco disponía de la agilidad mental para elaborar una explicación.

—Es una historia larga, me daré una ducha y me cambiaré de ropa. Ustedes sigan en lo suyo. Estoy bien, no se preocupen.

Las jóvenes mujeres, intuyeron que no había nada raro ni extraño en su condición, por lo cual, abandonaron la cuestión y se concentraron en su conversación.

Poco después, el infortunado hermano del flautista de Hamelin, reapareció, y al ver que sus invitadas dialogaban metidas en vaya saber que asunto, rehusó intervenir y se dirigió a la cocina. Encendió la pequeña televisión que se encontraba sobre la esquina de la mesada, y se preparó un café. Alrededor de media hora más tarde, Sonya lo llamó. Ubicó una silla cerca de ellas.

—No puedo saber a ciencia cierta lo que ocurrió durante mi desvanecimiento —comenzó a decir Elizabeth—. Ignoro si mi conciencia se apagó como consecuencia del arrebato emocional generado en ese momento... Mi cuerpo no lo pudo resistir, y en contra de todo mi dominio, alterado, lleno de estrés y agotado por la presión, mi mundo interior se detuvo. Mi mente, sin fuerzas y exigida al máximo, dado que no había dormido lo suficiente en días; en contra de mi voluntad, como si exhalara un largo suspiro, se desvaneció por completo. Se separaron entonces, y cada uno fue por un camino diferente. Y sin luchar, mi mente permaneció en la más absoluta oscuridad, trenzada en ocho partes. Para cuando abrí mis ojos, deambulé al igual que un zombi, de un lado hacia otro; y entre sueños vedados a mis deseos de regresar, entreví el rostro de Robert. Efectué un par de preguntas aquí y allá, para sacudir mi mente del adormecimiento de las drogas, mientras escuchaba las respuestas cuyo significado no entendía y, ¡cuán tenues, fueron esas nubes que me impedían ver con claridad! En mi corazón, la sangre vertía oxígeno para respirar, pensar, comprender y dar sentido al asunto.

>>Y de pronto, una puerta, un sonido grave que resonó en el interior de mis oídos. ¿Dónde estoy? No lo sabía, solo estaba ese agrio sabor de la medicina que revolvía el estómago como única respuesta, un sabor agrio, metálico, frío. Y entonces, una leve acción de mi cordura, me condujo hacia la salida. Y en un primer momento, no atribuí nada a mi entorno. Hasta que, poco a poco, regresé desde las penumbras y el devenir, hasta la realidad del presente... y eso fue todo.

Por unos momentos, se produjo un silencio en la habitación que había adquirido cierto aire místico. Robert, no se atrevió a fijar la mirada en la narradora. Sin embargo, ésta si lo hizo.

—Todo un capítulo el tuyo —expresó Sonya tras unos segundos—. Todo un capítulo sobrenatural y alocado. Se nota que tu vida no es nada sencilla. ¡Por otro lado! Comprendo por lo que has atravesado, y por tal motivo, te ayudaré.

—Es lo que esperaba que dijeras —añadió Elizabeth, mudando su semblante a uno más contemplativo.

—En lo que esté a mi alcance. Después de todo, eres amiga de mi amigo.

—Evidentemente y... Yendo hacia la cuestión que nos ha reunido. Como ya te lo he mencionado al principio. Los hilos que el contador ha movilizado, cuadra dentro de lo normal; a pesar de ello, y apelando a tu sensibilidad como tutora legal responsable, quiero pedirte un favor.

Sonya la vio con tranquilidad.

—Antes de disparar, muchacha; comprende por favor, la posición que represento.

—Sin lugar a dudas, Sonya, y no te pondré en una situación que resulte comprometida para ti ni para nadie.

Robert observaba con detenimiento los giros que se sucedían en la conversación.

—En ese caso, ¿qué quieres de mí?

—Que investigues a Percival.

El rostro de Sonya se agitó.

— ¿Qué haga qué...?

—Sonya, por favor, permíteme continuar —la aludida asintió con la cabeza y en actitud reservada, Elizabeth juntó sus manos—. Percival, llevó a cabo esta operación sin vacilar, por lo que creo, que ya debe tener algo de experiencia en este tipo de maniobras que ha empleado con total indiferencia y falta de respeto profesional; ya sea hacia mí, ya sea hacia mi empresa. Y es debido a eso que, quisiera saber algo, no sé, cualquier cosa que pudiera ponerlo en evidencia delante de los accionistas. No estoy apelando a tu sensibilidad humana, sino a tu lado ético. Esta empresa no puede consolidarse como la extensión de una matriz a la cual no pertenece. Muchos empleados serán despedidos. Todo fue ordenado en pos de obtener una respuesta que satisficiera solo, las demandas de unos pocos, y en el proceso, otros se beneficiarían. Asimismo, ¿quién no dice que lo vuelva hacer de nuevo, y en el proceso, otros salgan perjudicados?

Sonya, se incorporó y se dirigió hasta la cocina. Segundos más tarde, regresó con una cerveza.

—Es lamentable por lo que has atravesado, Elizabeth —añadió desde un punto de vista crítico—. Sostengo que todos somos capaces de una humana reflexión en relación a tu situación, y es cierto que, para algunos, lo correcto no importa, en especial, si su obstinación desvergonzada, es manejar sus utilidades y las de otros como si se tratase de una caja de ahorros personal —hizo una pausa tras la cual concluyó—. Mis padres sufrieron por personas como estas. Y por esa razón, lo haré.

— ¡Gracias Sonya, gracias!

—No me lo agradezcas todavía, solo ten presente, que lo demás correrá por tu cuenta.

—Lo tengo muy en claro.

—En ese caso, me iré; y los dejaré solos para que platiquen.

—Gracias de nuevo.

—Descuida. ¿Robert, cielo? ¿Necesitas algo?

—No, gracias; en todo caso, te llamaré.

—Más te vale cariño. Adiós tórtolos.

Luego de cerrarse la puerta, se vieron de pie uno frente al otro.

— ¿Cómo se siente, ahora? —Inquirió el noble anfitrión y cazador de roedores.

— ¿Cree usted en el destino, señor Robert? —replicó su invitada.

La indagación lo asombró. Pensó en la pregunta en la pregunta antes de decir algo.

—¿Depende? —dijo seguidamente.

—Explíquese, por favor.

—Si lo que usted dice por destino es, si el hombre o la mujer, creen que lo pueden escoger o escribir a su antojo, pues… no. Tal cosa no existe, puesto que todo ya ha sido prefijado de antemano. Si alguien dice que hace su propio destino, simplemente está respondiendo a algo que ya ha sido establecido hace miles de años.

Su interlocutora lo observó con tranquilidad midiendo la respuesta.

—Quiere decir que cuando decimos, haré esto o escogeré seguir este camino, ¿ya estaba predicho?

—Exacto. Nadie puede atribuirse la tarea de orientar su vida en una dirección, como si se tratase de algo personal y legítimamente suyo. En nuestros pensamientos y en nuestro accionar, somos la consecuencia de un mandato expresado ya de antemano.

—No lo había pensado de ese modo. Lo que me ha sucedido entonces, según usted, ¿estaba dicho que así sería? Asimismo, el acuerdo al que llegamos con Sonya, ¿también?

Robert asintió con la cabeza, esta vez sin desviar la mirada de sus ojos.

—Solo es un consuelo Elizabeth, decir que tenemos el control de nuestras vidas y elegimos nuestro propio destino. No obstante, simplemente estamos respondiendo a una orden ya preestablecida.

—Muchos contradecirían su opinión, señor Roberth.

—El mundo tiene derecho a escoger, señorita Elizabeth.

—Un pensamiento sensato y descarado, pero inviolable en cuanto a su norma y prerrogativa.

—¿Le ha agradado mi postura, entonces?

—No sea arrogante señor, empezaba usted a agradarme.

—Le ruego me perdone, no ha sido esa mi intención, excúseme por favor.

—Como si eso llegara a detenerlo.

—¿Disculpe?

—Debo irme ahora —expresó con una sonrisa, en tanto se incorporaba de su asiento—. Gracias por la plática, aunque breve, estuvo interesante.

El muchacho se puso de pie, y se dirigió a abrir la puerta.

— ¿Se da cuenta que la soledad, tiende a perderse cuando dos personas llegan a ponerse de acuerdo? —señaló Elizabeth, deteniéndose en el umbral—. Tal pareciera que la magia, sensibilidad, y los buenos sentimientos, afloran tras los primeros besos, ¿no le parece? —Robert la contempló sin decir nada. La muchacha a sabiendas de que lo había atrapado con su pregunta, asintió inexpresiva—. ¡Buenos días, señor Robert! Conozco la salida.

—Igualmente para usted —alcanzó a proferir éste, desnudado en su razonamiento.

Cerró la puerta y fue hasta el balcón. Allá abajo, la persona que en estos preciados minutos había cobrado vida en su corazón, se subía a un auto privado.

Regresó a la sala, se desplomó sobre el sillón, y reclinó su cabeza hacia atrás. La habitación olía a jazmines y peonías. A pesar de ello, la imagen viva de Helen, se apoderó de sus pensamientos por unos momentos.

«Si debo decir, fuiste tú a quien busqué por todos los medios. Eras y sigues siendo una hermosa diadema. Soñé contigo y con la ilusión de poder besarte y que seas mi novia. Pero fueron tantas las veces que me rechazaste y moliste a golpes con tus palabras, que desistí. Fue allí cuando Elizabeth apareció en el camino. Tampoco tuve suerte. Pero hoy... hoy...»

El día siguiente, era miércoles; y todo el "consejo de ancianos druidas", sonreían sacando sus propias conclusiones acerca de si, la hermosa señorita Einarson formaría parte de la reunión mensual, donde habría de exponer entre reproches, la indigna acción que ella desaprobaba.

Se presumía que, ante la evidencia de lo inevitable, tarde o temprano daría un paso atrás, cediendo de ese modo, el control de la firma.

"Fuera lo viejo, bienvenido lo nuevo" Odiaba esa frase que tantas veces el incoherente Patrick le había arrojado al rostro.

Ahora Elizabeth, de pie frente la entrada, observaba hacia el segundo piso. Llevaba una camisa de seda negra, pantalones de jeans negros, y zapatos con tacones del mismo tono, con incrustaciones de plata a ambos lados de la delgada plataforma.

Comprendía que ese día, los parcos ejecutivos, con sus agudas miradas y sus costosos perfumes, la juzgarían desde el apático tribunal de superioridad, y le dirían que todo estaba concretado y que la fusión era inevitable.

«¿Por qué todo esto, me parece conocido? Viejos austeros, toscos y lúgubres, yo les di participación en mi casa, aunque eso significaba sacrificar mi propia espina dorsal y delegar parte de mi herencia, por el simple hecho de ver crecer un legado cuyo esfuerzo impreso en sus columnas, me fue entregado por mi abuelo...; y ahora, solo vengo vestida de negro, resignada a entregar los cojines de mi sitial, mientras los ojos me contemplan desde una pared, fría y abandonada. Y, ¡cómo me rehúso a formar parte de esta difícil situación!»

Su rostro estaba envuelto en un borde sin interés. Fue entonces que, esas conocidas sombras que una vez viera en el semblante de su abuelo cuando su esposa partió de esta tierra, hoy la asistían de forma innegable. Se armó de valor e ingresó al edificio y atravesó el largo corredor hasta la conocida habitación. Femenina, elegante, con parsimonia, espectral para algunos, avanzó sin demostrar titubeos.

Y una vez en el interior del recinto de conferencias, su sola presencia, acalló los blasones de los que deseaban amonestarla con hirientes comentarios. Recorrió de un vistazo a todos los presentes, y no halló ninguno que le sostuviera la mirada.

—¡Caballeros! —empezó a decir—. Siempre me pregunté una cosa, ¿por qué en esta sala no hay mujeres? —silenciosos y de indefinible expresión, la siguieron con la vista, en tanto ella caminaba alrededor de sus asientos—. ¿Saben?, somos una firma que ha crecido con amplitud de criterios, y he calificado de obsoleto, las mentes estrechas que no quisieron vincularse a los cambios y al empuje que el progreso traía consigo. Poco después, me enteré de que tales hombrecillos — ¿por qué no llamarlos así? En todo caso no tengo nada que perder—, machistas burócratas, con ideas provistas de una parafernalia sin sentido, obstruyeron el camino a buenas profesionales que deseaban formar equipo con esta entidad —pausa—. Es igual, eso ya no tiene importancia, ¿verdad?

—Señorita Einarson... —dijo un hombre buscando intervenir. De tez blanca, rostro redondo y camisa apretada a causa de su exceso de peso.

—¡Señor Stephen! —respondió Elizabeth con soltura y gravedad—. No se atreva a interrumpirme cuando hablo. Todavía no he terminado —la sala interpretó un aire desconocido colándose en el ambiente. La muchacha no parecía caminar con docilidad al exilio, tal y como ellos lo esperaban. El aludido calló sin chistar—. Y sí, me he dado cuenta de todo este absurdo plan que algunos han entretejido sin mi consentimiento, pero descuiden, no he venido a transgredir las reglas que esta compañía se ha encargado de solidificar con dedicación y compromiso; y en ningún momento, verán que mi conducta sea indecorosa —colocó las manos en actitud de oración, sobre su boca—. Solo les diré lo siguiente: he trabajado duro para ser leal y representar de la mejor manera a esta empresa. Fuera de eso, un inesperado insurgente que brotó de nuestra amistad, un petulante estafador de mujeres y niños, se atrevió a golpear esta casa en el costado hasta desangrarla, y no hubo tiempo para que pudiera reaccionar. La fea herida dictaminó su propia sentencia de muerte. Es el fin, y estoy consciente de ello. Pero una cosa es clara, no me iré de este lugar sin antes dar pelea. ¡Caballeros! Para dentro de unos días, tendrán mi respuesta. ¡Buenos Días!

Y de esa forma, terminaron por dar finalizada la junta, obligados por Elizabeth, a esperar la decisión final. La coalición conformada por trajes y corbatas, fue apaleada con la firmeza que caracterizaba a la avezada gerente de la firma.

Por su parte, la joven empresaria, hizo gran parte de su recorrido habitual a pie. En el camino, pensó en el contador de Bizarre Games Uk.

«Le clavaré una estaca en el corazón y arrojaré sus restos al basural de la mendicidad por ser un malvado y desconsiderado profesional, que solo se ha abusado de la confianza y de la amistad, que por tantos años le hemos profesado.»

Cerca de una cafetería, decidió detenerse, ingresó y ordenó un café con vigilantes, su favorito.

«Abuelo —pensó—, espero no decepcionarte. Mis amigos me han aconsejado que acepte el trato, lo cual no lo veo ninguna garantía de bienes gananciales productivos. Por tanto, pelearé, y no daré el brazo a torcer. Todavía sigo de pie, y me atrevo a decir que, esta última carta será la decisiva.»

CAPÍTULO 3

Lejos de ahí, Robert iniciaba sus tareas, en el Legend Leeds. Se había presentado a sus labores, bajo la tutela de Charlie Jones, un muchacho originario de Liverpool. Siendo el encargado en algunos departamentos de ventas, se responsabilizaría de distribuir las tareas en las que el bien intencionado Robert se desempeñaría, como repositor de mercaderías y ayudante en algunos comercios.

—Para que lo entiendas, Robert, yo me muevo en esta dirección, entre estos comercios y tiendas, y tú mi buen amigo, serás mi segundo a cargo, no sirviente ni mandadero, mi segundo. También debes entender, que la gentileza sirve mucho, al igual que lo hace el criterio y la responsabilidad. Teniendo eso en claro, no tendrás problemas. Dos cosas más: haz lo que te diga, cuando te lo diga. Verás que, con el tiempo, te irás dando cuenta de las cosas y ya no será necesario que te las mencione, ¿de acuerdo?

— ¿Cuál es la segunda?

—Ya te las mencioné, haz lo que te diga y cuando te lo diga, ¿estamos bien con eso?

—Si, no hay problema, tú eres el jefe.

—No tanto como quisiera serlo, pero es la idea. Mira, ¿ves esos dos negocios que se le parecen? Ve, y llévales un café a cada una de las vendedoras; seguidamente, ellas te dirán que necesitan.

— ¿Es todo?

—Es todo Robert, ve y, ¡bienvenido al palacio del Legend Leeds!

—Ah, ¿dónde busco los cafés?

—Justo detrás de mí, y una cosa más, tómatelo con calma.

—Ok, con calma, lo tengo.

El nuevo recluta se sintió afortunado. Después de pasar días enteros oficiando de Uber, se sintió cansado y poco realizado. Necesitaba hacer otra cosa. Y esto era justo lo que estaba buscando. Pensó, nada más agradable que trabajar en un lugar donde ni el frío ni el calor te atrapa.

En otra parte de la ciudad, Sonya, ingresaba al bufete de abogados Smith & Johnson, ubicado en las cercanías de la University Centre at Leeds City College, por Park Ln. Saludó a todos, y se dirigió hasta su oficina. El día anterior había dejado dicho a su asistente, Jazmín, una joven oriental oriunda de la provincia de Hénan, que ubicara al contador.

Esa mañana, Percival, aguardaba en la sala de espera, vistiendo adecuado al momento, amplia sonrisa, carisma lisonjero, y una variedad de gestos aprendidos de memoria para presentarse delante de personas como ella. Sonya, lo observó de reojo.

«Adivino que su cultura de adaptación frente a los demás, es bastante camaleónica. Su apariencia es ganadora, obvia y dinámica, lo que afectaría la vida de cualquier mujer deseosa de emprender algún tipo de aventura con él. Pero conmigo se equivoca; porque si pretende que su persona sea motivo de elogio y lo trate como a un gran e importante señorito inglés, acaba de fracasar. Conmigo te has equivocado hombrecito, tus halagos serán poco menos que calcetines húmedos y en desuso.»

Con un gesto amable, le dio la bienvenida y lo invitó a entrar.

Pomposo como si fuera a recibir un adagio real, se incorporó apenas moviendo la cabeza. Sus pasos lo llevaron hasta una silla enfrente al escritorio de Sonya. La muchacha tomó el reto. Percival sabía quién era ella, pero ignoraba todo lo demás. La siguió con la mirada, relamiéndose por dentro.

«Menudo cuerpo el que tienes, mujer —pensó el invitado—, tus piernas son un glamour para cualquier hombre, y ni hablar de ese hermoso y redondeado trasero que seduce hasta más no poder. Y hasta puedo ver tus grandiosos senos empujar tu camisa. ¡Por favor, Sonya! Sí que eres toda una hembra.»

— ¿Me dirá a qué se debe el honor de haber sido convocado? —preguntó seguidamente y con seriedad, luego de esperar a que Sonya se sentara.

—Señor Percival, dígame por favor, ¿cuál es su relación con el contador Smith?

—¿Es un interrogatorio?

—No, soy la abogada responsable de la firma Absolut Group Games, por tanto, es mi deber aclarar ciertas cosas.

—Muy bien —dijo acomodándose en su silla—; no tenemos ningún parentesco si a eso se refiere, tampoco somos socios; en cambio, nos une la garantía profesional de velar por los intereses que nos han sido depositados en confianza.

—Entonces, ¿niega cualquier tipo de lazo con el señor Smith?

—Solo profesional —respondió subrayando su declaración—; él no se inmiscuye en mis asuntos, ni yo en los suyos.

—Bien, ¿en ningún momento se le ha acercado a usted proponiendo algún procedimiento legal? Digamos, ¿una extensión o una cesión de derechos?

—De acuerdo señorita —dijo mirándola fijamente—; esto no va por el sendero que debería corresponder a mi persona, en todo caso, debería consultarlo con mi abogado.

Sonya acababa de aplicar con sutileza el cuestionario, de tal forma que, levantándose de su asiento, sonrió agradecida.

—Gracias señor Percival. Tengo lo que necesito, le agradezco que haya venido.

—¿Terminamos? —indagó sorprendido.

—Si, y de ahora en más, tal y como usted lo ha pedido, trataré con su abogado. Que tenga buenos días, señor.

Percival tartamudeó una palabra, y se enderezó despacio. Sin lugar a dudas, algo había sucedido en la habitación, sin que él se diera cuenta. Abotonó su saco de pana, y se marchó asintiendo con la cabeza.

Sonya permaneció reflexiva.

«De acuerdo, debo retroceder un poco en el asunto, y verificar cada dato, detalle e información con respecto a este sujeto.»

Mientras tanto, lejos de ahí, una sagaz amazona terminaba por acorralar a un empecinado animal de ojos brillantes.

—¿Dónde te has metido insolente bribón cubierto de pelo...? –una exasperada Elizabeth, buscaba debajo de su sillón Batan Bergere de color negro, a su gato ragdoll—. ¡Vamos, aparece bola de algodón! —segundos después, llegó el grito de triunfo— ¡Te tengo minino! ¡Ah, si no fueses tan adorable, te echaría al campo! Estoy muy enojada contigo. ¿Cómo se te ocurre robarme mis galletas?

Un encantador ronroneo, fue la respuesta; lo que llevó a que la muchacha expresara una queja de resignación, desestimando con ello, cualquier tipo de castigo hacia su pequeño ladronzuelo.

En el gris exterior, llovía y no con fuerzas, apenas una ligera llovizna. Sin deseos de ir a trabajar, Elizabeth, había decidido permanecer en su hogar, algo que no solía apreciar como una opción; pero, sintiéndose abrumada por la situación que le tocaba enfrentar, frustrada y hasta algo malhumorada, no resistió la idea.

Su casa se hallaba a unas pocas cuadras de la de sus padres. Sin lujo, adornada con unos muebles sencillos, algunos retoques modernos combinados con lo clásico, amplios ventanales cubiertos con cortinajes de diseño liso plisado en color blanco; un living comedor confortable, un sofá color crema, y una chise longue, componía gran parte del amoblado. También se podía apreciar, una chimenea en la pared con decoración rústica, una mesa de caoba, cuatro sillas del mismo material, un par de taburetes al lado de un pequeño mostrador; y la cocina de paredes pintadas en ecos de esmeralda, que contaba con baldas y vitrinas para el menaje. También, una mesa cuadrada con un tapete blanco, un par de sillas, la estufa victoria de color castaño, y por supuesto, una entrada para la luz natural, junto a una buena iluminación artificial. Todo rodeado de una moderada cantidad de plantas de interior, entre ellas, una variedad de orquídeas.

Después de dejar a su caprichoso mozalbete jugando una bola de estambre, cogió su ordenador personal y suspiró. Se había propuesto no tocar nada que la relacionara con el trabajo. En su lugar, se había decidido reanudar un viejo escrito que había comenzado hace un año atrás.

«Bien... continuemos.»

La lluvia descendía en instantes de arrobo y lasitud. Caía por los bordes de las estructuras, de las edificaciones y los árboles, hasta deslizarse por la hierba, la acera y las calles. Agitaba las hojas, a través de las suaves brisas que entrelazaban las corrientes del fluctuante viento. Semitransparente, al igual que perlas, ramificadas en un mundo reluciente de brumas blancas, prosiguió su camino hacia cualquier parte.

Melancólico es su tintineo al golpear sobre los ventanales, que salpicaban la tierra, sobre los guijarros, las rocas y los follajes esparcidos aquí y allá.

Y en ese submundo, cuyo aliento se desdoblaba al aspirar esta húmeda atmósfera que la vida celebraba, yacía una hipnótica sensación que reposaba en los aires. Y en medio de todo ese desgranar de balanceos grandilocuentes; temblorosa, fina y sin distinción de clase, también sin presunción ni arrogancia, se extendía el oráculo de los mil pasos.

La lluvia pellizcó el alma y abrazó a los enamorados, se coló a través del corazón y ondeó victoriosa en las sombras del espíritu de la soledad. No hubo tristezas, ni pesares que hurgaran en los muros de los amantes.

Se durmieron los remos del bote de la dicha, se acallaron los sonidos de la voz, y el arrullo de los besos y las caricias, comenzaron a surgir, sin palabras, sin detenerse; y, en ese preciso minuto, furtivo, erguido y férreo, emergió el vigor del anhelo, para tomar a la vida por los cabellos, en tanto la halaba hacia atrás; para después, profundo, diestro y suave, adentrarse con el firme eslabón, hacia el umbral del cántaro vacío, dilatado y estrecho.

Y entonces, el placer asomó, y con ello, la exclamación que buscaba salir, en sollozos, gimoteos, sacudiendo con fuerzas el maravilloso recipiente cubierto de agua.

Y de nuevo, y otra vez, con fuerzas, penetrando la abertura del racimo de estrellas, hasta que la agonía y el desfallecimiento, los estremecía, hasta alcanzar el paroxismo de una vívida fortaleza que se quebraba como un don frágil y titubeante. Y entonces, después de ese vaivén de locura y esbozos peculiares, el efímero pliegue se rompió, y el grito de un alma que se ahogaba en el deseo alcanzado, brotó al igual que una vertiente poderosa, plena de satisfacción y orgullo por el deleite alcanzado.

Elizabeth se detuvo, apoyó las manos sobre sus piernas, y se enderezó. Observó con detenimiento lo que acababa de narrar, hasta releerlo un par de veces más. Y entonces fue suficiente. Se cruzó de brazos, meneando la cabeza.

— ¿Se puede saber qué es lo que terminé de escribir...? ¿Qué es lo que acaba de escaparse de mi corazón y de mi mente?

«Mm... Elizabeth, creo que estás pensando cosas raras. Raras y exquisitas —sonrió de forma picaresca—. Ya qué, a darle con tesón y esmero. Soy libre de expresar lo que siento y de escribir lo que se me dé la gana —suspiró y pensó en su empresa—. Ojalá pudiera hacer lo mismo en mi trabajo. Sin permitir que manos extrañas busquen robarme la esencia de mi labor y de mis amados proyectos, con esas mañosas artimañas malvadas que solo apuntan a destruir el linaje humano por unos cuantos dólares.»

Refunfuñó molesta. Plegó las mangas de su camisa, y frotándose las manos, estaba a punto de retomar su labor, cuando su teléfono sonó.

—Hola.

—Hola Elizabeth, soy yo Robert —en el rostro de la joven empresaria se dibujó una sonrisa.

— ¿Cómo se encuentra, señor Robert?

—Estoy en mi descanso. Las cosas me han ido bien, todos son cooperativos conmigo, y la ayuda que he recibido para orientarme y adaptarme al entorno, resultaron valiosas.

—Me alegro mucho de que así sea, dígame, ¿le gustaría venir a mi casa después de terminada su labor?

— ¿A su casa?

—Si, ¿le parece bien las siete?

—Claro, me encantaría.

—Lo espero entonces, ¿deseaba alguna otra cosa?

—Solo saber cómo se encontraba. Saber de usted.

—Muy amable de su parte. Estoy bien, gracias por interesarse.

—Me alegro. Nos vemos a la tarde. Adiós, Elizabeth, cuídese.

—Usted también, Robert.

La joven empresaria, fue hasta la ventana, se tomó los brazos, y dejó que su mente se diluyera en compañía de la lluvia que se distendía como un elegante vestido neblinoso.

Robert complacido por la noticia, desplegó un par de pasos de baile.

— ¿Está todo bien...? —indagó Charlie, surgiendo por detrás de Robert.

—Perfecto, solo celebraba porque saldré con la chica de mis sueños.

—Suerte la tuya; todavía no he dado con la ideal.

—Ya vendrá. Todo en esta vida, viene.

—Como sea. Mira, prescindiremos de ti el resto del día.

— ¿Cómo?

—Vete, tu horario terminó.

—Faltan dos horas para la cinco.

—Estaremos de inventario Robert, no todo el lugar, solo algunas secciones. Despreocúpate, ya formarás parte de ese equipo. Ve a prepararte para tu cita.

—Puedo ayudar de alguna otra manera.

—Gracias. Pero, no hace falta.

—Si me necesitan tienen mi número, sin importar la hora.

—Aprecio eso. Nos vemos mañana.

Puntual con la decencia de una buena presentación, se encontró frente a la puerta de la casa de Elizabeth. Tocó el timbre, e instantes después, una bien cultivada escritora, que vestía con sencillez y esmero, le dio la bienvenida, invitándolo a que pase.

—Gracias por venir; por favor siéntese. He preparado té verde con ginseng y canela, ¿le apetece?

—Si, por favor —contestó, ubicándose en un mullido sillón.

La tarde, comenzó a declinar y el viento sopló con más fuerzas, plomizo y renovador. Empujó a la lluvia, en finísimas partículas cada vez más pequeñas, monótonas y floja.

Elizabeth reapareció con una bandeja, y sobre ella, una tetera de porcelana china, dos tazas iguales con grabados orientales, un recipiente para la azúcar, y unas galletas dulces que ella misma había preparado.

—¿Le agrada la lluvia? —inquirió, Robert.

—Son mis días favoritos, ¿y a usted?

—Lo mismo digo. Es relajante.

—Aunque el lodo que deja tras de sí, es lo más molesto, junto con los charcos.

—Tiene razón.

La anfitriona se ubicó en otro sofá, enfrente de él. Una mesa ratona de caoba los separaba. La conversación no pasó por altibajos, se sucedió de manera espontánea y normal.

—Dígame Elizabeth, ¿se siente cómoda conmigo?

—De no estarlo, de seguro no estaría usted en mi casa.

—Es cierto. ¿Cómo va con sus cosas en el trabajo?

—Prefiero no hablar de ello.

—¿De qué entonces?

—Sugiérame usted.

—Pues...

—Dígame, y disculpe que lo interrumpa, ¿en qué suele pensar?

—Solo en las cosas que me importan, que no son muchas. ¿Usted...? —el as fue arrojado sobre la mesa, y una decisión se le cruzó por la mente, debía aprovechar la diminuta brecha que se había abierto en ese segundo.

—Me parece bien, cada quien tiene lo suyo —acotó ella, moviendo con delicadeza la cuchara en su vasija.

La brecha se cerró. Robert suspiró frustrado. En lugar de expresarlo con un gesto, sonrió.

—Me ha dicho que tiene un abuelo, ¿lo ha visto?

—No, lo he intentado, pero el viejo no desea ver a nadie, vive en las afueras de Leeds, criando ovejas. En ocasiones, converso con mis padres para que me den noticias suyas, y de ese modo, recabo cierta información.

—De modo que no lo ha visitado.

—No, Chevin Forest Park, es un área agreste, región de senderismos; no estoy acostumbrada a ese modelo de paseo.

—Yo lo práctico, si algún día se decide a ir, estaré más que encantado de guiarla.

—Lo tendré en cuenta. Y si no le molesta, y en otro orden de cosas, quisiera saber lo que piensa en relación a la vida. La vida y sus enseres, cuestiones más, cuestiones menos. Sus pensamientos, por favor.

El muchacho lo miró tratando de comprender la exhaustiva pregunta a la que hacía referencia.

— ¿La vida, mi opinión, mis pensamientos?

—Le daré un ejemplo. Verá, señor Robert, he estado batallando con el temperamento de las cosas que me aquejan últimamente, y he tenido una formal predisposición en mi espíritu; quizás parezcan ligeras o sin importancia, a pesar de ello, resultan comprensibles, porque tienden a generar prudencia, equilibrio a mi proceder, es decir: un camino que suele ser aprehensible y al que la mente , a veces, resiste en demasía e incide en la calidad de vida, tornándola plausible e invariable en su esencia... —se cruzó de piernas y asumió una postura idealista—;

y es allí, donde converge el común denominador de todos. Más, a la superficie donde reside lo trivial y efímero, es mejor no tocarlo. Las personas como usted y yo, frágiles en lo conceptual y abstracto, sin el permiso para criticar, terminamos siendo complejos de alguna manera. De todos modos, hurgar en el umbral de la consistencia humana, es algo que no deberíamos hacer, sin embargo, podemos hacer lo siguiente: manifestar quienes somos ante la realidad de la existencia misma, y revelarnos frente a todos, tal cual uno es. Abrir nuestro corazón al consejero de los vivientes, bucear en el interior de nuestro ser y redescubrir las maravillas que encierran nuestras almas, exhibiendo de esa forma... los talentos, dones y aquellas capacidades que nos hacen ser quienes somos. No sería como llenar un cuestionario, más bien una experiencia personal, donde descubramos los tesoros ocultos que yacen bajo nuestra piel.

>>Señor Robert, deberíamos ser capaces de acceder a este umbral interno, donde los depósitos divinos iluminan nuestra verdadera faz y enseñan la condición que se oculta detrás de las fachadas externas. ¿De dónde sacamos fuerzas para continuar, para seguir empujando ladera arriba hasta llegar a la cima? No piense que estamos solos en esta vida. La mayoría cree en algo, ¿usted en que cree?

El aludido suspiró y sonrió delante de lo que creía, era una de las mejores disertaciones en torno a las dificultades y búsqueda personal de uno mismo, así como la comprensión de situaciones concretas, respecto de la objetividad que una persona debería sostener en sus manos.

—Francamente oro por las noches, y siendo hijo de metodistas, quizás es el único hábito, además de la decencia que me inculcaron mis padres.

—Me alegra escucharlo, y estimo su persona todavía más; dado que la incredulidad no convive en mi hogar. Y es esta estrecha relación que llevo muy dentro de mí, que me ha servido para confrontar las diversas adversidades que se me han presentado en la vida, ya sea desde lo personal hasta aquello relacionado con lo laboral, social y demás.

>>Nos desangramos en mayor o menor medida por aquello que anhelamos; y al igual que al momento de dar a luz una vida, los dolores cesan, con el consiguiente de que se pasa a disfrutar del milagro que se ha podido concretar; de igual forma, somos sumergidos en ese tiempo de oportunidades y privilegios. Es lo que pienso y confirmo.

—Su pensamiento no añade fallas Elizabeth —agregó el invitado tras una pausa—; es intenso y revelador, proclive a ser enunciado como norma en lugar de una metáfora.

—No es por su elogio que le expreso tal sentimiento; estoy dando a conocer quién soy y lo que pienso, señor Robert. Confío que usted hará lo mismo.

—Tiene razón. También dispongo de un punto de vista, y concuerdo con lo que ha dicho. La naturaleza de exponernos abiertamente el uno hacia el otro, enfatiza el hecho de no cargar con secretos ni presumibles sorpresas que pudieran afectar el criterio y la conciencia de cada uno. Y hacia el otro extremo, las palabras no garantizan que las acciones sean acordes a lo que decidimos. Pero, cabe la empatía de coordinar los pensamientos con nuestros actos, en un decidido marco de voluntad y consideración.

—Me pregunto, ¿adónde quiere llegar con eso? —dijo, en tanto apoyaba el codo sobre su sofá.

—Elizabeth no lo negaré; y en la posible seguridad de que me expulse de su hogar, admito con razón, que la admiro por lo que es, por lo que usted siente y expresa a través de su fino comportamiento. En una palabra, usted me gusta, y mucho —la aludida permaneció imperturbable, subrayando las palabras que escuchaba.

Se enderezó, apoyó las manos sobre las rodillas, y terminó su infusión, antes de hablar. La pausa inquietó al muchacho, pero no se desalentó. Se limitó a mantener en alto, su perfil.

—Robert, es confortable escucharlo, y no puedo menos que estar agradecida que esté aquí conmigo. Además, veo que no tiene razones turbias, por eso le estoy confiando la seguridad de mi hogar, y la confianza de mi persona, y espero que lo que se esté gestando entre nosotros, madure de manera benéfica y no disfrazada de engaños.

El mencionado se impacientó con esta respuesta. No era lo que esperaba. Y vio que el asunto no conducía a ninguna aparte. ¿Cuánto más debía tratar para lograr penetrar el muro que esta mujer había erigido?

—Me siento bien cerca suyo —fue todo lo que pudo decir.

Hablaron un poco más hasta que llegó el momento de despedirse. Robert se preguntó si acaso podría llegar a tener algo más que una simple amistad con ella, y casi de inmediato, pensó que tal vez, no podría ser posible. Al dirigirse hacia su carro, comprendió que se encontraba atascado en un dilema. Ingenuo e inmaduro, pero dilema al fin. Le pasó por la mente que podría estar equivocado.

«¡Santo cielo! Me he dejado afectar como un atolondrado adolescente al que se le disparan sus hormonas.»

Se tomó el rostro con las manos.

«Necesito ayuda... Ya sé, llamaré a Sonya, ella podrá ayudarme con este delirio.»

Marcó el número.

—Hola, ¿qué se te ofrece, muchachote?

—Sonya, necesito tu ayuda, ¿puedes venir a mi casa o nos encontramos en alguna parte?

— ¿Con este húmedo clima? No, deja, iré para allá; en todo caso tomaremos un delicioso café con tostadas y mermelada. Estos días prefiero estar acompañada.

—De acuerdo, te espero; y gracias amiga.

—Ni lo menciones.

Más tarde, el Chrysler Phantom gris perla estacionaba frente al edificio, e Instantes después, una llamativa y jovial abogada, golpeaba la puerta del departamento de su amigo.

—Hola Sonya, gracias por venir.

— ¿Está todo bien? ¿Te noté algo preocupado?

—Necesito que me ayudes con algo.

—Si, lo que sea.

Cada uno ocupó un sillón, con una espumosa taza de un rico y humeante café holandés.

—A decir verdad, y espero que no te rías, te contaré lo que me ocurre. Hoy fui a casa de Elizabeth. Y desde temprano, estuvimos compartiendo una amena plática; y sin que me diera cuenta, sucedió algo que no me esperaba, fue repentino, al igual que un rayo cuando cae e impacta sobre algo. Así, fuerte, imprevisto, iluminándome por dentro y, todo... todo.

—Vaya, ¿y qué podría haber sido ese resplandor?

—Creo que siento algo muy fuerte por ella.

«A pesar de que Helen me tiene a mal traer en mis pensamientos, y un repentino fuego, comenzara a emerger desde adentro, hasta cubrirlo por completo. Es como si mi corazón se estuviera dividiendo, muy lentamente, sin atinar hacia dónde ir.»

Los ojos de la mujer se abrieron sorprendidos.

—¿Es en serio?

—¡Si! Es como si un fuerte sacudón me hubiera despertado de un largo sueño, ¿Me entiendes?

—Si, lo entiendo, pero cálmate. Estas cosas suelen pasar, has bajado la guardia y la chiquilla te entró duro en el corazón... o eso pienso. Como sea —golpeó las palmas una vez y sonrió—. Primero lo primero, ¿ella lo sabe?

—¡No, y eso es lo peor, ella siquiera lo intuye!

—¿Por qué lo dices?

—Porque coloca distancia entre ella y yo, como si hubiera levantado un muro con el fin que no me acerque demasiado; al punto de mantenerme a raya, probando mis intenciones y... sosteniendo únicamente una sobria plática conmigo.

Sonya lo miró fijamente

—Primero, lo eres, me refiero a ser un extraño. Hace un tiempo que no la ves. Es lógico que te toma como tal. Segundo, hay algo que no sabes de Elizabeth, esperaba que ella te lo comentara, pero en vista y dada las circunstancias, supongo que debes saberlo.

— ¿Qué? ¿De qué hablas?

—Algo un poco más personal, privado. Escucha con atención. Tu chica estuvo relacionada tiempo atrás, con alguien más. Un ser despreciable según mis fuentes. Un sujeto que ella creyó sería el compañero ideal, afectuoso, encantador y demás; en fin, eso que cualquier mujer inteligente, honrada y educada, espera conseguir en un hombre. No fue así, el tipo vivía fantaseando con hacer esto y aquello, a costa del dinero de Elizabeth. Algo que, sin lugar a dudas, lo llevaba bien impreso en su etiqueta de conquistador. Pero, su díscolo carácter hizo enojar a tu chica. ¿La razón?, su prometido —un vicioso antipático, un híbrido casual y venenoso—, sufría de ciertas inclinaciones a mirar a otras mujeres. Para abreviar, te diré lo siguiente: ella lo encontró in fraganti, con una voluptuosa morena en una posición, digamos, un tanto incómoda y difícil de soportar, sudorosos y todo eso sobre la mesa de una oficina —Robert, abrió los ojos de asombro—. Y claro está, que no toleraría tales engaños, se enfadó y se alejó. Al imbécil le dio lo mismo y fue entonces que rompieron. La muchacha, confiaba en este hombre, aunque dudo que lo amara, porque parecía más bien, un acuerdo sentimental o algo por el estilo. En todo caso, puede que un día ella te lo aclare, o puede que no. En resumen, mi querido amigo, tu niña se ha vuelto reacia en ese aspecto, a lo sentimental me refiero.

—Vaya historia.

—Así de una. Y... otra cosa que debes entender: Elizabeth es chapada a la antigua, moderna, contemporánea y todo lo que quieras; pero en esas normas, es exigente. Lo tiene muy en claro. Ella no será el paño de nadie, y muchos menos un objeto al que se manipule con facilidad. Ahora, chico, no estás en problemas, solo estás en modo pausa. Ignoro como responderá tu amiga a tus avances. Pero... por el momento, deberás tranquilizarte e ir despacio, con calma, avanzando paso a paso.

—Por lo visto, soy un insufrible romántico que lleva las de perder.

—Robert, cariño, escúchame, ¿Por qué no hablas con ella y se lo dices? En un franco diálogo, todo se puede arreglar. Tampoco es para darle demasiada importancia al asunto.

— ¿Qué le podría decir? Han sido solo unos pocos días los que nos hemos visto, y no lo suficientes como para entregarle esta proposición.

—No interesa, solo díselo y ya, menciónale que le gustas, que sientes algo, que te gustaría comenzar a recorrer un nuevo camino con ella. Lo que sea que brote de tu corazón. Ambos son adultos, y dudo que ella sea la reina del ácido o contenga en sus fibras una aberración hacia ti. Solo, no te apresures a revelar del todo tus sentimientos. Ve con lentitud, camina con ella, conócela, y aproxímate poco a poco, de esa manera no te desbordarás como el Nilo y mantendrás el control de tus emociones.

— ¡Fuuf! —suspiró—. ¿De veras sugieres que haga eso?

—Es todo lo que tengo para ofrecerte indefenso pueblerino; una dosis de buena voluntad, comprensión, y un sabio consejo de amiga.

—Una cosa más, ¿cómo sabes todo esto?

—Su madre hace unos días, después de una reunión que mantuvo conmigo a puertas cerradas, me lo confió.

— ¿Has estado con Samantha? —expresó extrañado.

—Si, y déjame decirte que... es una persona de carácter sólido al igual que el hierro, y de un corazón burgués y noble como el roble.

Conversaron un poco más. Finalmente, Sonya dijo que debía ir por unas cosas. Lo abrazó y le dio otros consejos más. Robert, espero a que se fuera y llamó a Elizabeth. Necesitaba probar algo.

— ¿Hola?

—Elizabeth, soy yo Robert, ¿cómo se encuentra?

—Estoy bien, feliz de que hayamos pasado un buen momento, no lo he aburrido, ¿verdad?

—No, por favor. Verá, usted, ha entreabierto un sugestivo dictamen en mi persona.

—¿A qué se refiere?

—Nada, creo que combiné mal las palabras. ¿Sabe Elizabeth?

—¿Sí?

—¿Podría verla de nuevo?

—Por supuesto Robert, estaría contenta de que nos volviéramos a encontrar.

—¿Mañana?

—Muy bien, pero esta vez a las seis, debo ponerme al día con algunos asuntos.

—De acuerdo, me parece perfecto; pasaré por usted, o nos quedaremos ahí, como guste.

—Lo vemos sobre la marcha.

—Grandioso, que pase buenas noches.

—Igualmente para usted, gracias por llamar.

—Adiós.

Elizabeth, después de observar desde su ventana a la estrellada noche, se fue a dormir, desconociendo que, inconscientemente, un vago murmullo se despertaba en su pecho. Percibió que comenzaba a abrigar un sencillo y delicado sentimiento hacia Robert.

Unos cálidos aleteos susurrantes que parecían disipar las viejas mentiras que la habían herido alguna vez, esas despreciables emociones ambiguas que la condujeron a convertirse en la recia y adusta empresaria que todos conocían.

Se dejó abrigar por estas nuevas perspectivas, y dejó de escuchar los rimbombantes susurros que pujaban por manifestarse en su alma. El sueño la acosó, conduciéndola a cerrar los ojos.

CAPÍTULO 4

El nuevo día, amaneció despejado sobre la fiel estampa de la región. Las oscuras nubes habían desaparecido, arrastrando su valiosa carga a tierras más secas, áridas, donde el agua pudiera fecundar en ellas, el crecimiento de las raíces y de toda la vegetación. La luz del sol comenzó a inundar las calles de la ciudad, con lentitud al principio, permitiendo que todo adquiriese un tono vívido, alegre, sin el fatigoso revestimiento ceniciento que había caracterizado a las pasadas horas lluviosas.

Los sonidos de una nueva jornada dieron comienzo al movimiento urbano, con su acostumbrada expresión natural.

Elizabeth, luego de estacionar su Corvette Stingray negro, ingresó al edificio para un nuevo tiempo de labor. Una vez allí, algo le llamó la atención, la recepcionista ni la secretaria estaban en sus respectivos sitios. Creyó escuchar un gran tumulto procedente de su oficina; se apresuró a ir en esa dirección. Su semblante cambió de repente. Helen, Percival, Sonya y otros dos caballeros más, se encontraban dentro del recinto, manteniendo una discusión no muy acalorada.

Elizabeth, al ver que no percibían su presencia, permaneció en silencio observando los movimientos de todos. Algo estaba ocurriendo o se encontraba a punto de hacerlo. Sus ojos vieron a la responsable directa de la Fusión, que se mantenía en una silenciosa postura, apartada del grupo principal. Dirigió entonces, su mirada hacia Percival, del cual no debió esmerarse demasiado para leer sus gestos, dado que el encomiable sujeto, parecía estar a la defensiva en todo momento. En cuanto a Sonya, se le antojó una pantera que mantenía callados a los otros dos, mientras se centraba en Helen, que escuchaba todo con suma atención.

Al fin no pudo más y silbó. En el acto, todos se callaron. Les encomendó a la recepcionista que regresara a su lugar de trabajo y a su secretaria que no le pasara llamadas.

—¡Buenos días, damas y caballeros! Sonya, Helen, por favor, tomen asiento, y el resto, se van de mi oficina —alguien quiso reprochar algo—. En primer lugar, ustedes dos aún no tienen derecho sobre este lugar, y en segundo término —observó fijamente a Percival—, usted es un contador que no pertenece a esta firma, puesto que renunció a ella y ahora es propiedad de Helen.

—Yo no... —quiso protestar.

—¡Lo que sea que yo deba arreglar, lo haré con su jefa! —sentenció señalándolo con su dedo índice—. Ahora, ¡fuera todos! O créanme que los golpearé con una silla.

La voz de mando sonó explicativa y con dureza. Inmediatamente, la mandamás, cerró la puerta y suspiró, en tanto se arreglaba el cuello de su camisa. Caminó hasta su buró y se ubicó en su silla.

— ¿Qué buscas, chiquilla? —Inquirió Helen, con una sonrisa no fingida, que denotaba perspicacia.

—Elizabeth —dijo Sonya, pero ésta le hizo un ademán para que no interviniera.

—Helen, ¿qué crees que busco? —preguntó apoyando los codos sobre la mesa y las manos sobre la boca.

—No lo sé, dímelo tú.

— ¿Qué sabes? ¿Por qué estás aquí?

—Percival, comentó a la junta, acerca de las averiguaciones que Sonya le hizo.

—No tiene nada que ver contigo y con la fusión que deseas llevar a cabo, mi interés es más bien de índole personal.

— ¿Es decir...?

—Inclinada a satisfacer tu curiosidad querida Helen, he de ser subsecuente. Ahora, escúchame, por favor. Dicha persona que lleva cuentas, números, y administra fondos que no le pertenecen, ha sabido con la maestría de un adulador, conseguir colocar a este lugar, sobre un muy delgado puente colgante, suspendido a varios metros del suelo, unido nada más que... a un fino hilo de seda. Favoreciéndote en el transcurso. Y eso me ha conducido a lo siguiente, ya no me interesa luchar por esta compañía, por esta bendita herencia que mi abuelo me ha dejado, después de entregar él, muchos años de esfuerzos y sacrificios. Por lo tanto, mi intención, es corroborar su escaso proceder ético. Denunciar sus acciones ilícitas. ¿Te opondrás a eso?

Helen, fue impasible con la silenciosa opinión que expuso sin expresar nada. Simplemente se levantó de su sitio y caminó hasta la puerta, desde donde se podía observar al contador que no paraba de discutir con los otros dos empresarios. Fue en ese momento, que su sentido común se alertó en el fondo. Giró sobre sus pies y regresó hasta colocarse en un extremo de la mesa.

—Está bien Elizabeth, concuerdo con tu razonamiento. Te permitiré que lleves adelante esta investigación sin complicaciones, sé que obrarás con prudencia durante el proceso.

—Ambas sabemos que negocios son negocios, haz hecho tu jugada y en el proceso, un nuevo jugador te facilitó la mano ganadora. Me afectó, y no lo negaré, dado que han sido años los que he trabajado aquí, financiando presupuestos, generando ideas, buscando posicionar este lugar en lo más alto. Pero... todas sabemos que nada es para siempre. Tú y yo, somos conscientes de las reglas de juego, y ese infeliz malnacido, jugó sucio —señalando de manera despectiva a Percival—. Despreocúpate, tendrás mi firma, y yo me quedaré con mi parte. A pesar de ello, y en asuntos cuyas maniobras delinquen contra el aspecto estructural de la integridad profesional, no me quedaré de brazos cruzados.

—Perfecto Eli, no te contrariaré. Haz lo tuyo, es de doble riesgo contar con un equivalente de ese tipo en la mesa directiva. Y esto, me llevará a considerarlo dos veces antes de aceptarlo en mi empresa. Por lo que deduzco de tu mirada, tienes en mente algo que debo suponer no me quieres decir. Sino me involucra, está bien —llevó las manos a la cintura y sonrió resignada—. Debo irme, y como siempre, ha sido un gusto tener una charla contigo.

Tomó el casco y balanceándose de manera atrevida se marchó con firme seguridad. Afuera, se escuchó un par de órdenes de parte suya y los tres mosqueteros salieron presurosos del lugar.

—Es intrépida, esa mujer —dijo Sonya al verla partir.

—Siempre lo fue, recuerdo que le gustaban los deportes extremos. Y Robert, anduvo un tiempo detrás de ella, pero sin conseguirlo. Fue tan insistente que dama lástima. Día tras día con intenciones de alcanzarla. Daba pena verlo ensimismado, estudiando y al mismo tiempo, viendo en dirección de donde se encontraba ella.

Sonya se sorprendió al escuchar el comentario. Hasta dejó escapar un dejo de repulsión hacia las últimas palabras. ¿Qué clase de arrogancia tenía esta mujer por aquellos años?

«Ay, mi bendito Robert, ¿de seguro es la misma chica que todos conocemos o es alguien más. Espero que no estés cometiendo un error con ella.»

Y avezada como era en las artes místicas, abrió el portal enseñando su consejo, casi como al descuido, como si quisiera comprobar por sí misma, que su amigo no estaba equivocado.

—Si, aunque Robert, en la actualidad, anda persiguiendo otra ave. Un ave un poco más glamorosa. No cesa de hablar de esa peculiar dama, de lo fascinado que se encuentra, ¡tal parece que lo ha deslumbrado!, pero no me ha dicho su nombre; y estoy más que segura que siente algo muy fuerte por ella. De todas formas, debo acotar que, el muchacho es paciente, prudente y lo toma con mucha calma. Una actitud muy inteligente de su parte. Solo espero que no salga lastimado en el proceso. Una no termina de conocer bien a las personas, hasta que ya es demasiado tarde.

Elizabeth escuchó cada una de sus palabras y asintió levemente, hasta se puede decir, que hubo un diminuto rastro de desconcierto en su rostro.

«Te tengo palomita —dijo para sus adentros Sonya—. ¿A ver con qué me sales ahora?»

—Es un buen hombre —añadió Elizabeth, acomodando unos papeles—, cualquier mujer se sentiría halagada por las atenciones que él brinda.

Asegurando la partida, Sonya extendió un sortilegio de encantamiento, antes que la conversación tomara otro rumbo.

—Anoche tomamos un café, y me comentó acerca de la cita que tuvo horas antes con, ¿cómo lo dijo...? Mm... Si, ya lo recordé: una maravillosa mujer, espléndida y jovial como las primeras luces al rayar el alba. De veras te lo digo, ha caído bajo el hechizo de la misteriosa dama, cuyo nombre, todavía no me ha querido revelar.

— ¿Me esperas un minuto? Iré hasta el tocador, ya regreso. La reunión me sacudió un poco los ánimos.

«¿Reunión? No lo creo. Mentirosa. Ya veremos lo que sale de la galera del amor.»

Posteriormente, Elizabeth conversaba con Sonya acerca del marco estratégico para dejar al descubierto, el obrar del estafador.

—Unos datos más —dijo la segunda—, y lo tendremos; ¿tienes en mente alguna otra idea?

—Si, pero deberé esperar hasta que reunamos las pruebas.

—Muy bien, entonces me retiro. Cualquier novedad te lo informaré. Conozco un par de detectives informáticos que podrán ayudarme. Y de seguro que lo tendrás para antes de que firmes el consentimiento.

—Gracias Sonya, muy amable todo lo que estás haciendo. No te olvides de decirme cuanto son tus honorarios.

—Oh, no te preocupes por ello ahora, solo mantén tu actitud arriba, Elizabeth. Te mereces lo mejor. Hasta pronto.

—Adiós y gracias de nuevo. Y cualquier información, ya sea números telefónicos y demás, pídeselos a mi secretaria.

—Estupendo, eso me facilitará todavía más las cosas.

Elizabeth permaneció pensativa, abstraída en lo que Sonya le había compartido respecto de Robert.

«Un peculiar pensamiento», pensó.

La vida proseguía, con sus historias, las voces y los sonidos, y la ciudad que avanzaba a través de los caminos, los cuales se abrían de par en par, entretanto que otros, se cerraban con cláusulas inventadas por los hombres.

¿Pero quién no ha escuchado hablar de la mezquindad y el egoísmo, ese nauseabundo y despótico martillo que rompe los buenos deseos de la aspiración y los huesos de la esperanza misma?

¡Oh, si, también están aquellos! Los que pelean, los que se niegan a vender su alma a la órbita sangrienta de la vil servidumbre que arroja sus migajas a las personas, tratándolas como si fuesen animales ¡Sí!, esas mismas personas que trabajan, luchando por alcanzar el final del día, para poder llegar al hogar y al fin recostar la cabeza en un mundo que se han esforzado por construir.

Hacia la tarde, Elizabeth repasaba su nuevo plan que había surgido como consecuencia de la fusión, cuando Sonya se presentó en las puertas de su oficina, enseñando unos papeles con una amplia sonrisa.

— ¿Lo tienes? —preguntó Elizabeth con entusiasmo.

— ¡Lo tenemos, muchacha!

El alborozo no podías ser de otra manera.

—Vamos a mi casa, —sugirió la joven empresaria— comemos algo y lo discutimos.

—Me parece una buena idea.

El Camaro se deslizó por las calles a esas horas de la tarde, y en tanto Elizabeth conducía, Sonya hablaba por teléfono. Para cuando ésta finalizó la llamada, la emoción la embargó.

— ¡Elizabeth, lo he conseguido!

— ¿Qué? ¿Qué has conseguido?

—No muchacha, primero lo primero. No arruinemos la decoración del pastel antes de ser horneado.

Y a una cuadra de su domicilio, Elizabeth, se dio cuenta del error que acababa de cometer al llevar a Sonya a su casa, puesto que, Robert, de seguro, ya estaría en el lugar. Estuvo a punto de doblar la esquina más por mera inercia que por intentar enmendarlo.

— ¿Ese de ahí es, Robert? —inquirió Sonya fingiendo sorpresa—. ¿Qué estará haciendo?

Elizabeth estacionó su auto, algo ruborizada. Y descendió saludando con su mano al joven conserje que vestía adecuadamente para la ocasión. Sonya también lo saludó con un abrazo y un beso en la mejilla.

— ¡Vaya sorpresa encontrarte aquí Robert! ¿Y esas rosas para quién son? ¿Vas de camino a algún lado? —el aludido hizo un gesto y se acercó a Elizabeth, para entregarle las flores— ¡Un momento! ¿Tú eres la bella dama por la que mi chico está fascinado?

Elizabeth sonrió sin saber dónde meterse.

—Si, es ella —dijo Robert.

— ¡Vaya par que han resultado ser ustedes dos!

—Si, hasta yo misma me he sorprendido —acotó Elizabeth, abriendo la puerta de su hogar e invitándolos a pasar—. Pónganse cómodos, iré por otra muda de ropas. Robert, ¿te parece si comemos aquí?

—Si, no hay problema. Pediré unas pizzas italianas.

—Para mí lo que sea —apoyó Sonya—; me encuentro famélica.

—Lo mismo digo. Tengo bebidas en el refrigerador, sírvanse, por favor

Sonya esperó a que Elizabeth se fuera, para felicitar a su amigo.

—No cantes victoria, todavía. Ve despacio y estate atento a las señales.

—Descuida, he guardado mi fuego con siete llaves, lo usaré en pequeñas dosis. Iré por las pizzas.

«No me refería a tu fuego, amigo mío. Supongo que el tiempo dirá lo que el destino se trae entre manos.»

La abogada se descalzó y se ubicó en la comodidad del sofá. Acercó la mesa ratona, y distribuyó los papeles sobre la misma. Al rato, reapareció Elizabeth, también descalza, vistiendo unos jeans gastados, una blusa de mangas cortas, anudado en los extremos sobre su vientre, dejando a la vista, un pequeño espacio por donde se podía distinguir sus abdominales. Robert, que bebía una soda de un popote, casi se atragantó, y miró hacia otro lado. Sonya rio por lo bajo.

—¿Qué? —dijo Elizabeth—, en casa siempre voy de este modo.

Sonya arrojó una carcajada que avergonzó todavía más a su amigo. Con disimulo, el aturdido invitado, abandonó su popote sobre la mesada.

—Este es mi refugio personal —dijo Elizabeth, después de ubicarse junto a Sonya—. No es mucho, pero es mío, aunque en realidad espero que no sea la primera y última vez que me visites.

—Dalo por hecho, niña, además, tenemos algo en común —dijo señalando a Robert, que husmeaba en un complejo centro de música.

—Si, es verdad, jamás imaginé que nuestros caminos se cruzarían.

—¿Te muestro lo que he averiguado?

—Oh, cierto, veámoslo.

—Primero, ¿cómo lo contrataron?

—Mi abuelo es de la vieja escuela, para él un apretón de manos y un contrato de por medio, es la mejor forma de sellar una alianza. Nunca ha sido de investigar el pasado de las personas. Por otro lado, el eunuco filisteo vino con recomendaciones y, hasta ese entonces, no aportaba señales de ser un hipócrita capaz de morder la mano de quien lo emplearía. Tampoco hubo necesidad. Las cosas se hicieron bien desde el principio, y en ningún momento, mostró indicios de que pudiera llegar a cometer tal acto de traición. Pero, el que tuviera acceso ilimitado en la empresa, le brindó la posibilidad de maquinar a su antojo. Mi abuelo siempre lo escuchó, y lo consideró un buen hombre desde el comienzo... No lo sé, supongo que de algún modo lo convenció de fusionar mi firma con la de Helen. Y todo sin consultármelo.

—De acuerdo, quiero enseñarte algo, algo que costó mucho escarbar de los archivos de seguridad de tus servidores —Sonya le mostró registros de llamadas de Percival que este hiciera directamente de su oficina, a las principales de Helen—. ¿Sabes qué significa esto?

Nos dice que el muy bribón, ha estado conversando con los directivos a tus espaldas. Lo ha hecho para pasarle información detallada del movimiento de tu empresa, entre otras cosas. Sospecho que su nuevo círculo de amigos, le fueron proporcionando los medios y la posibilidad de concertar esta operación comercial. Y cómo puedes corroborar aquí, tales socios adjuntos, te enviaron muchos correos electrónicos, donde no solo pedían hablar contigo, sino aclarar algunos cuestionamientos en relación a tu empresa. Y esta es la parte interesante, tú jamás leíste esos correos, ¿verdad?

—No tenía idea de la existencia de esos mensajes —contestó impresa en una incredulidad que dejaba mostrar un gran desagrado.

—De acuerdo, siguiente pregunta, ¿por qué no tuviste la oportunidad de leer estos correos? Piensa un poco, y dime, ¿quién otro tiene accesibilidad al sistema de tu compañía?

Elizabeth se congeló por la inquisitiva documentación aportada. Al cabo de unos segundos, susurró.

—Patrick Smith.

—En ese caso, mi teoría es la siguiente: tu socio recibía los correos que iban dirigidos a ti, y los respondía como si fueses tu misma, descontando el hecho que compartía todo con Percival. No veo ninguna otra explicación. Y la razón es simple, si él ha entregado la mayor parte de sus acciones a la firma de Helen, eso quiere decir que este sujeto, ya había estado planeando todo desde hace ya tiempo.

De repente, toda la cuestión estalló frente a la cara de Elizabeth.

— ¿Patrick? No puedo creerlo... —dijo saliendo del sofá y tomándose los brazos—. Nos conocemos de hace tiempo. He cenado con su familia y... prácticamente rediseñamos juntos los planos de la extensión. ¿Cómo pudo hacerme algo así? —pausa— ¡Condenado mentiroso! Por eso pidió estas largas vacaciones. Lo hizo precisamente para no estar aquí cuando todo esto pasara...

—Elizabeth, escucha esto; también recibiste varias llamadas telefónicas por parte de los inversionistas interesados en los productos de tu firma, ¿ves aquí en estos registros? ¡Mira! Patrick las derivó todas a la oficina de Percival. Y al parecer no han vuelto a llamar. ¿Sabes por qué? Porque de seguro, él, ofreció una negativa de tu parte, y no se requiere de mucha imaginación para deducir el resto de la trama.

— ¡No, no pudo ser capaz de tanto! — dijo con fuerzas—. ¿Cómo hizo para pasar inadvertido en sus maniobras frente a mis narices y frente al grupo de secretarias responsables de los archivos y demás tecnicismo? ¿Cómo? ¿Cómo pudo conjurar una maquinación de ese tipo sin que yo me diera cuenta?

Un fuerte estremecimiento la sacudió de los pies a la cabeza. Sonya pensó que sufriría un shock en cualquier segundo.

— ¡Elizabeth, cálmate!, ya nada puedes hacer. Es aceptable tu reacción, y tienes todo el derecho de enojarte e incluso de romper cosas, en fin, todo ese alboroto. Pero, podemos manejar esta información a nuestro favor.

—No —dijo levantando las manos en señal de impotencia—, no puedo. Dame un minuto —expresó, y salió por la puerta de entrada. Afuera, el aire fresco de la noche la inundó.

Cerró los puños, y percibió una marea de sensaciones que chocaban una contra otra. Enojo era lo que sentía, una incontrolable furia hacia la deslealtad, la mentira y las podridas tramas hurgando a escondidas, ocultas como ratas, solo para destrozar los sueños, los anhelos de todos.

Robert, se aproximó con lentitud, colocándose a su lado, y allí permaneció inmóvil, No pronunció palabras, aún después de escucharla llorar.

Sonya, fue por un vaso de agua, mientras esperaba a que regresaran.

Las pizzas llegaron, Robert se encargó de recibir el pedido, pagó lo que se debía y llevó la cena al interior, enseguida regresó.

—Tengo un fuerte descontrol dentro mío —comenzó a decir, Elizabeth—; es demasiado para mí. Duele que te engañen tan cruelmente. El tipo ha sido brutal con su accionar, deshonesto y frío, no le ha importado nada... Varias familias quedarán sin empleo.

Descontando la asistencia que brindábamos a centros auxiliares, y los donativos que se enviaban a escuelas en sitios rurales... todos esos proyectos, el planeamiento... todo, ¿cómo puede ser esto posible?

>> ¿Por qué tanta avaricia? Yo... siempre me las he arreglado sola, y estos bastardos indignos de mi consentimiento, me han apuñalado por la espalda, arrebatándome un sueño que de niña procuré que creciera. Y fue mi sueño, fue algo que brotó de mí, lo cuidé cuando no era nada más que una habitación de cuatro por cuatro... ¿Cómo es posible que me haya dejado fastidiar de esta forma?

Y en esos indecibles segundos, su ánimo se sobrecogió de repente, con rapidez fue hasta un lado de la pared. Se apoyó sobre la pared e inclinándose hacia unos abundantes arbustos, vomitó. Vomitó su ira, su miedo y el trastorno de las horas acaecidas en su contra.

— ¿Me traes un vaso con agua, por favor? —pidió, tosiendo y aclarándose la garganta. Con prisa, y sin responder, el cadete fue por el envío. Sonya lo miró, degustando unas galletitas de coco que había encontrado en la alacena. Robert arrugó el entrecejo y agitó una de sus manos. Cogió un vaso y lo llenó; enseguida salió, y entregó el recipiente a Elizabeth. Y tras beberlo, entró a la casa, y fue directamente hasta el tocador. Sonya la observó pasar como una exhalación hacia el lugar. Contempló al muchacho con severidad.

—¿Qué pasó?

—Sostuvo unas nauseas y eso fue todo. Se reprochó por no haber anticipado la maniobra de esos idiotas.

—Porquería de hombres. Los hay en todas partes y a toda hora. ¿Por qué no? Después de todo, es solo el trabajo incansable de años de sacrificios. Unos peleles de baja monta se acercan. Ven la oportunidad. Y te muerden en la nuca sin que te des cuenta. Miserables ratas.

La dueña de casa reapareció.

—Querida, ¿estás bien...? —preguntó Sonya.

—Aproveché a darme una ducha, estoy bien. Mis reprimidos sentimientos me habían sujetado hasta paralizarme, turbando mi semblante y dejándome sin aliento. Me sentí abandonada a un shock emocional que me estremeció por completo, de pies a cabeza, y eso, terminó por desbaratar los argumentos de mi aflicción. Eso fue todo. No hay explicación lógica para ello. ¿Comemos?

Había dejado de llover y el cielo se hallaba despejado. Toda la calle disfrutaba del croar reinante de las ranas. Todavía se escuchaban el golpeteo de las gotas que caían de los tejados.

—Antes de presentar estas evidencias al consejo de ancianos de Ana Macphee —enunció la anfitriona—; mañana viernes, visitaré a mi abuelo en las primeras horas; y para ello —volviéndose hacia Robert—. Tú me acompañarás en el viaje. Y no te preocupes por tu trabajo; me comunicaré con Julia, para que seas dispensado por ese día.

—Perfecto. Me agrada.

—Estaremos bien hasta entonces —agregó Sonya—; esperaré a que regresen. No olvides que la reunión se llevará a cabo el sábado por la mañana.

—Allí estaré.

—Magnífico —respondió la abogada poniéndose de pie—; en ese caso, me retiraré amigos. ¡Ops!, olvidé que no tengo mi auto.

—Llévate el mío —sugirió Elizabeth.

— ¿Segura?

—Si, luego lo recogeré.

Elizabeth, acompañó a Sonya hasta la salida. Unos intercambios de recomendaciones, más tarde, la segunda se alejó con buenas expectativas tanto por el futuro de su amigo, como por lo que pudiera llegar a deparar, en esa definitiva y última reunión de negocios.

Una vez que Sonya partió rumbo a su hogar. Elizabeth tomó de la mano a Robert y lo condujo a la parte de atrás de su casa. Salieron por una delgada puerta; atravesaron un corto sendero hecho de piedras pequeñas, hasta un sencillo cobertizo. La dueña de casa, extendió su mano hacia la izquierda y accionó el interruptor de luz.

Sobre el piso, se encontraban un par de mochilas con todo lo necesario para la práctica del senderismo.

— ¿Qué te parece? —preguntó sonriente, esperando ver la reacción de su amigo.

Robert quedó como niño en Navidad.

— ¡Vaya! ¡Es grandioso, hasta has comprado indumentaria adecuada para ambos! ¡Botas, chaquetas! Es... estoy sorprendido. Es fabuloso.

—¿Te gusta?

—Sería un tonto, no estarlo; definitivamente es grandioso, aunque no deberías haberte puesto en gastos hacia mí.

— ¿Qué dices? Me he sentido bien al hacerlo. La idea me ha rondado la cabeza desde aquella vez que hablamos respecto a mi abuelo. Espero haber dado con tu talla en todo. Lo compré a vista. Pero —agregó colocando la mano sobre los hombros de Robert, como si estuviera midiendo—, creo que te irá. Aunque no te parezca, soy buena adivinando medidas en prendas de vestir para otros.

—Estoy sorprendido.

—Por la mañana, saldremos temprano. Te quedarás conmigo esta noche —el mencionado sintió que se le erizaban los pelos de la nuca—. Junto a mi dormitorio, hay una habitación de huéspedes.

—De acuerdo —expresó fingiendo cordura—; en ese caso, debemos acomodar el equipo.

—Me parece correcto, llevemos todo al living.

Trasladaron el bagaje hacia el interior de la acogedora vivienda. Una vez allí, se dispusieron a organizarlo todo. Robert advirtió lo concreta que fue la compra de su amiga, desde pantalones, pasando por las prendas transpirables, hasta los sombreros, envases para agua, botiquín de primeros auxilios, linternas, etc.

Pasada la medianoche, se retiraron a dormir. El joven senderista, buscó algo apropiado para decir.

—Que descanses Elizabeth, y gracias por permitirme dormir en tu casa.

—Gracias a ti, por venir. Buenas noches.

—Será una fabulosa jornada.

—Eso espero.

—Hasta dentro de un rato.

El entusiasmado senderista, no quiso balancear el momento con inútiles razonamientos, y se durmió ni bien hubo recostado su cabeza en la almohada. Elizabeth, regresó al living y acomodó un par de documentos en la mochila; los registros e informes proporcionados por Sonya y otros papeles.

«Por poco y lo olvido. Debo asumir que todo dependerá del estado en que se encuentre mi objetividad. Será absolutamente necesario. Mañana jugaré el último as de mi manga.»

CAPÍTULO 5

Al otro día, muy temprano, llamaron un taxi que los condujo hasta la ciudad de Otley Chevin. A partir de ahí, irían hasta el este del parque, atravesando un pequeño bosque fuera del lindero del emplazamiento: siendo este, el único modo de llegar a través de varios senderos.

—Según la dirección, este sería el nuevo domicilio de mi abuelo.

Robert, inspeccionó el dibujo trazado en un papel.

—Magnífico —expresó entusiasmado—; a caminar se ha dicho. A todo esto, no me has dicho aún cómo se llama.

—¿Mi abuelo? Pat.

—¿Cómo es que nunca lo has visitado?

—Varios problemas lo alejaron. Además, dejó una cláusula en el contrato, donde establecía que ningún miembro de la familia debía molestarlo. Ignoro el porqué, tampoco indagué demasiado en el asunto. De común acuerdo con mis padres, decidimos dejarlo de esa forma y no importunarlo. Hasta el momento, desconozco qué tipo de vida podría estar llevando.

—¿Por qué habrá sido la cláusula? —insistió.

—Tal vez para que lo dejen en paz.

—Es una lástima.

—Si, tener un abuelo y no visitarlo, es triste; bueno, en mi caso, que jamás lo he visto, quizá no sea para tanto. Solo ruego que no nos espante a escopetazos.

Robert, se detuvo contemplándola con gravedad.

—Tranquilízate mi joven guerrero, de todas maneras, tú estarás allí para defender a esta desvalida mujer, ¿cierto? —Robert la miró perplejo, lo que causó más gracia a su amiga—. Vamos sir Tristán, conmigo nada te pasará.

El valle ofrecía un sinnúmero de esparcimientos, y la vista se presentaba formidable. El verde intenso, combinado con las variedades de su vegetación, lo ubicaban dentro de un adecuado tópico agreste y natural. Excelente para la aventura, el paseo y para fortalecer los lazos con el vínculo de la naturaleza. Toda una región rodeada de una cuantiosa obra de arte, cubierta de gramilla, abundantes matorrales, frondosos árboles y los originales habitantes dentro de la flora y fauna de este sublime contorno campestre.

El viento sopló jugando con los cabellos de Elizabeth. La joven empresaria, parecía estar disfrutando de la emotiva caminata. Acostumbrada a mantener su cuerpo cultivado a base de ejercicios físicos, running, entre otras actividades; le resultaba fácil encarar los diversos recodos del camino.

Una hora de marcha después, entre bosquecillos, subidas y bajadas, deteniéndose únicamente para beber agua, divisaron la estructura de madera y ladrillos que se elevaba al frente, a unos doscientos metros más delante. Una edificación, sencilla, rodeada de una gran extensión, por donde algunas ovejas entre otras especies de granja, circulaban en total libertad. Lo hacían también, varios grupos de personas que se movían por todas partes, de forma relajada y distraída.

Las señales hechas en un mapa por la madre de Elizabeth, los llevaron hasta ese sitio.

—Eso parece tener el aspecto de una posada o algo por el estilo —expresó Robert—. ¿Es el lugar correcto?

—Si, observa; he seguido los letreros y cada una de las marcas impresas en...

—Elizabeth, ¡mira! —un robusto y enorme hombretón se dirigía hacia ellos—. Alguien viene hacia aquí.

La joven senderista, volteó a ver hacia todos lados, y no divisó a nadie más que indicara el ajetreado andar de ese pequeño mastodonte.

—Espera —dijo la muchacha colocando su mano en la frente en busca de sombra para sus ojos—. ¡Es mi abuelo!

El grande y bonachón sujeto, agitaba sus brazos a modo de saludo o de advertencia. De su cuello colgaba un par de binoculares. Ambos jóvenes se mantuvieron expectantes. Cuando por fin se acercó lo suficiente, sonrió con una extensiva expresión. Robert, ya había ideado un plan de escape, que incluía correr de regreso por donde habían llegado. El hombre de verdad poseía un aspecto temible, similar al de los vikingos. La risotada que se desprendió del enorme oso, resonó en el lugar.

— ¡Elizabeth, mi niña! Mi pequeña, ¿qué te trae por aquí? —dijo levantándola en vilo con mochila y todo. Su nieta, se sintió feliz por el recibimiento—. ¿Y, este chico? ¿Quién es?

—Hola abuelo, él es Robert, mi amigo.

Más risotadas. El muchacho le extendió la mano, pero el gran sujeto la rechazó, en su lugar lo propinó un abrazo que arrancó crujidos a sus vértebras.

—Revisando el entorno con estos prismáticos, logré divisarlos. Vengan, acompáñenme, estoy con invitados, pero Isabella se encargará. Ya la conocerán. ¡Qué felicidad el tenerlos aquí!

El abuelo, oriundo de Irlanda, establecido en Leeds, había amado los juegos electrónicos desde que era un niño, y por esa razón, fue que decidió hacer algo al respecto. Fue así que, disponiendo de cierto capital, viajó a los Estados Unidos para aprender lo necesario y relacionarse con el mundo de los videos juegos. A tiempo posterior, presentó su idea a un grupo de inversionista que lo apoyaron para que pudiera comenzar. Vale decir que, de fracasar, ellos se quedarían con todo y más, puesto que, en su afán de obtener el suficiente patrocinio financiero, hipotecó hasta su propia casa.

Sin embargo, todo salió a pedir de boca. Su familia riñó con él en varias oportunidades, enfatizando caprichos de su parte, fantasías, sueños locos, entre otras posibles locuras.

De frente ancha, sin cabellos, ojos amistosos, barba similar a la de Kratos, dejaba enseñar un semblante pacífico y la vez prudente. Su cuerpo también trabajado a base de ejercicios, con brazos y piernas fuertes, le daban un aspecto firme y autoritario.

Dueño del hotel que los jóvenes pensaron era su hogar, se encargaba de recibir a los visitantes del Chevin Park.

Un trabajo que compartía con una elegante mujer de cabellos negros, cuerpo definido y tonificado, en apariencia inteligente y por supuesto encantadora al tratar con ella. Su rostro, se ubicaba en una bien diseñada simetría, a sus alegres y grandes ojos de color miel.

Ésta recibió a Elizabeth con una franca sonrisa. Dio la misma bienvenida a Robert. Y los ayudó a desembarazarse de sus mochilas, las que recogió sin esfuerzo alguno, para después, llevarlas hacia el interior del albergue. El muchacho quiso ayudarla, pero el «Está bien querido, no te preocupes, yo me encargo», fue dicho con tanta amabilidad que dicho caballero, debió ceder.

—Ella es mi Isabella, maravillosa y tan fuerte como yo —ronroneó su abuelo.

Ubicados todos, bajo la sombra de un joven roble, bebiendo un delicioso té de naranja, los caminantes de la ciudad, compartían con Pat, junto a una elocuente mesa provista de varios aperitivos para sus respectivos deleites.

El ambiente equipado con vistas fabulosas a quienes lo visitaran, ofrecía una belleza singular. La tierra expuesta en ese paraje traía equilibrio hasta el espíritu más desdichado. Y el cielo sabía que muchos lo necesitaban. Porque, cuando la hoz de la angustia arranca jirones de lágrimas en los delicados tallos del corazón, no se busca la luna para hablar con ella, ni el sol para que azote las sombras que se irguen burlonas tras el destierro. No; con presteza se corre en pos de encontrar un escondite secreto, una gruta oculta, donde la sangre herida y contaminada con el ungüento de la amargura, sea limpiada y purificada a través del llanto, los reproches y las quejas, que se exponen en la más absoluta soledad. Nadie desea ser visto portando ropas de mendigos sobre sus espaldas, como un sinónimo de fracasos y las frustraciones de una vida marginada y deshecha por la tragedia. Como tampoco, revelar las confidencias sobre las cuales reposan los misterios que los han conducido hasta ese oculto páramo desolador.

A grandes rasgos, es lo que este peculiar territorio, representaba para muchos.

—¿Qué los trae por mi humilde residencia? —inquirió Pat, sentado a un lado de ellos.

—¿Cómo sabías que era yo? —preguntó Elizabeth.

—¿Es posible que un pajarillo me haya dicho que vendrías?

—¿Mamá?

—Mi niña, ¿cuándo vas a aprender que mi Sam, no te dejará sola en las batallas? Aunque evitó con tacto, detallarme el motivo de tu venida.

—No le mencioné la razón. Robert y yo, hemos hecho este pequeño viaje para hablar contigo respecto a tu empresa.

— ¿Sabes por qué me alejé de todo? —el tono de la voz del gran hombre, se volvió gris—. Porque perdí a tu abuela, y eso produjo grietas terribles en mi espíritu. No encontraba motivos para recuperarme de su pérdida...; fue como si todo el tiempo me mirara con ese rostro dulce y pleno que siempre la caracterizó. Pero... sin proponérmelo, estaba perdiendo las ganas de continuar por la vida. Esa despiadada tristeza que colmaba mis venas, me impedía respirar por las noches, al punto que no comía, excepto beber unos esporádicos tragos de agua.

>>Me sentía derrotado. Y de todo ese agrio tributo que la partida de Ava dejó, la opresión de no vivir con ella terminó por destrozarme. A pesar de todo, mi pequeña, encontré las fuerzas en medio de toda esa oscuridad para combatir el terrible dolor que me consumía. Fue así que, cuando flaqueé, el Sumo Sacerdote de la Creación, sopló en este desesperado fruto marchito, la vida necesaria para continuar avanzando.

>>Conocí a Isabella durante esa insondable y deplorable línea temporal por la que atravesaba. Su fuego me devolvió la conciencia y me despertó, quitándome de ese sueño lleno de un extraño aspecto que se retorcía de manera indescriptible. Con ella, decidí comenzar de nuevo, fue entonces que dejé todo en mano de ti y de Percival.

Elizabeth permaneció unos instantes en silencio sin responder, mientras observaba a su abuelo que no dejaba de ver a Isabella.

—Esa es, me temo, la razón de mi venida abuelo, pero no me atrevo a desafiar ni entablar una lucha personal contigo, por lo que... no sé qué hacer, tal vez haya sido una mala idea el venir hasta aquí. Hubiera deseado hacerlo antes, sin propósito alguno, solo para visitarte. Pero temía que te enojaras conmigo o mamá.

—Mi niña, no fue justo que los haya alejado de mi lado. Y no puedo decirte, lo difícil que resultó ser para mí. Yo... no tengo palabras para expresarlo.... Cada día, pensaba en ustedes, especialmente en ti, y al hacerlo, un sentimiento de melancolía me cubría el espíritu. Estoy más que agradecido el que estén aquí. Por tanto, con toda confianza, dime qué ocurre.

— ¿Estás seguro de querer saberlo?

—Elizabeth, no te echaré porque hayas llegado solo por una cuestión empresarial, y si esa fue la causa para que hoy estés aquí, agradezco la solicitud, porque sé bien que, en lo sucesivo, vendrás de nuevo, te sientas apremiada o no.

—Abuelo —dijo con suavidad.

—El mundo es cruel en ocasiones. Dispone de cauces con los cuales no compatibilizamos. A pesar de ello, y al no existir otra vía de escape, debemos enfrentar lo que la vida nos arroja; de lo contrario, correremos el riesgo de naufragar, con la consecuencia de llegar a perderlo todo. Mira a Isabella —levantó su rostro—, sino hubiera sido por ella, créeme no estarías aquí en estos momentos. Fue gracias a esa mujer, que pude conservarlo todo, y no es que ella se encuentre conmigo por mi dinero —suspiró—; porque esa bella mujer que supo alojarse en la vida de este viejo cuervo de mar, es la dueña del Legend Leeds.

Robert abriendo todavía más los ojos, observó a Elizabeth.

—Menuda sorpresa me das abuelo y para Robert, puesto que él trabaja en ese lugar.

—Julia le informa de todo a ella, hasta aquellos nuevos empleados que admite, y debo decir que, cuando le informó que cierto y agradable joven se presentó a solicitar un puesto vacante, y que contaba, además, con referencias explícitas de tu mano, nos intrigó a ambos. Ahora, ¡basta de hablar de mí, cuéntame!

La aludida comenzó a relatarle cuanto había sucedido en su empresa. Desde la llegada de Helen, hasta la inminente fusión; la renuncia de Percival, en compañía de sus confidentes llamadas, Y el asunto de los correos electrónicos. También le habló de Patrick y sus vacaciones. Todo detallado al pie de la letra.

Terminada la exposición, se sucedieron varios instantes de una pausa interminable. Luego de la cual, el honrado empresario, golpeó sus piernas con los puños, reflejando con ello, una ofuscada reacción. Se puso de pie y permaneció en esa posición. Después miró fijamente a Elizabeth.

—¿A qué hora es la reunión...?

—Aproximadamente a las nueve —la muchacha se incorporó de su asiento, afectada por la repentina actitud de Pat—. Lo siento abuelo

—No digas cosas como esas Elizabeth, no me has molestado mi niña. Estoy así por Percival, ese sujeto me ha estado engañando y entregando reportes falsos, diciendo que todo marchaba sobre rieles. Supongo que deberé regresar a la civilización, y encargarme de los carceleros... Maldito hurón.... Esperen aquí.

Con grandes zancadas fue con Isabella quien terminaba de atender a unas personas. Le dio un beso y la trajo junto a Elizabeth.

—Coméntaselo mi niña, ya regreso.

La honesta sonrisa de Isabella denotó una puerta abierta a un diálogo franco. La muchacha pasó a relatarle lo historia. Al finalizar, la mujer adquirió una postura, con la cual nadie querría enfrentar. Tomó de la mano a su interlocutora.

—No imagino por lo que has atravesado, querida. Pat me confió en una oportunidad, que esto significaba mucho para ti. Un sueño largamente aspirado, solo para que un hipócrita que se sentó a nuestra mesa, comiendo de nuestro pan y degustando nuestro vino, venga a entrar por la ventana de la recamara para robar los sueños de una hija nuestra. Has hecho bien en venir hasta nosotros —hizo una pausa—. Siempre tuve deseos de conocerte, solo esperábamos el tiempo apropiado para hacerlo. Has sido valiente y admiro esa cualidad en una mujer, porque, siendo este, un mundo en el que los hombres tienden a ridiculizar a las mujeres, aunque no descarto las circunstancias cuando el asunto se torna a la inversa —por supuesto, no es tu caso—; tal postura me aguijonea la médula. De todas formas, no deseo que te inquietes, ya verás cómo lo solucionaremos. ¿Por qué no recorren el lugar, mientras tanto? Les hará bien despejarse un poco.

—Parece una buena idea —expresó Elizabeth—. Vayamos por nuestras cosas, Robert.

Recogieron parte del equipo de senderismo. Cargaron varios recipientes con agua. Y el camino los llevó tierra adentro.

Te veo y me siento el hombre más completo, en el borde del universo. Te veo perfecta, reluciente. Despiertas una honda admiración en mis sentimientos. Se ha transformado mi vida al encontrarte; y tus ávidas esperanzas, me han salvado. Ellas han enterrado mi soledad, y han alejado el temor y la vergüenza.

Recorro los senderos de guijarros que vas dejando con tus huellas, mientras sueño con tus brillantes ojos y el color amatista, con el cual has delineado tus párpados; también el rojo carmesí de tus labios y tus delicadas mejillas.

Oh, burbujeante oda que agitas mi pasión por ella, arrullando el corazón. ¿Puedo definir los velos neblinosos que se agolpan detrás del éxtasis? Tembloroso me distraigo viendo las aves, y como estas despliegan sus alas, en múltiples abanicos multicolores, en tanto rozan la hierba y sobre los lomos del viento, se deslizan más allá sobre las cristalinas aguas del riachuelo.

¿Podrás revisar los tesoros ocultos de mi alma y descubrir donde guardo mi amor por ti? ¿El jardín que cuidadosamente he adornado para los dos y las cortinas por donde el viento soplará, salpicando de rocío las noches de luna llena?

Estos versos fueron para otra mujer alguna vez, alguien a quien admiraba y por quien giraba todo mi universo. Sin embargo, puede que sean para ti y no para ella. Porque comienzo a sentir ese mismo adagio por ti.

— ¿Ves esa elevación?

— ¿Qué te parece esa colina?

— ¡Es grandioso este lugar!

—Ven, recorramos aquel sendero.

— ¿Una carrera?

Unas fotos aquí, otras más allá. El espléndido aroma de la vegetación, pura y natural. El corazón que latía excitante. La sangre que corría por las venas, suspendiendo en el tiempo, los ribetes, los trazos del majestuoso mural.

—¿Qué es eso?

—¡Mira ese!

—¿Te parece que lo llevemos?

—¿Picará? ¿Será venenoso?

—¡Tócalo!

—¡Robert, es una araña!

—Lo siento, pensé que era una rana.

—No te burles.

Elizabeth, caminaba con las manos entrelazadas por detrás, recogiendo alguna que otra florcilla, observando las mariposas, los colibrís, escuchando los cantos de las aves y esforzándose por distinguirlos. Robert, el fotógrafo; sacaba instantáneas del lugar, de ella, de los senderos, de ella, de los grandes árboles, y de ella, otra vez.

— ¿No te cansas de retratarme? —dijo de súbito la joven nativa, de rodillas y sin dejar de ver una Almirante Blanca. Robert, bajó la cámara.

—No, a menos que no quieras.

—Está bien, si eso te agrada, puedes seguir. Ven, acércate, quiero que veas algo; despacio... junto a mí.

Robert se inclinó hasta quedar en cuclillas a su lado.

— ¿Qué es?

— ¿La ves? Es una Almirante Blanca, y siento pena por ella.

— ¿Por qué?

—Anda, tómanos una foto —sujetó con suavidad al pequeño insecto de sus alas y lo dejó en la mano. Sonrió de una manera que llevó a Robert, a permanecer por varios segundos sin oprimir el disparador—. Apúrate o se me acalambrarán mis mejillas.

—Si, espera, estaba buscando el enfoque correcto... Listo.

Elizabeth, se incorporó con cuidado de no espantar el manso espécimen.

—Vuela amiguita, eso es, vete, aléjate de nosotros —Robert la vio preguntándose el porqué de su reacción. Su compañera de sendas, se frotó las manos.

— ¿Te encuentras bien? —inquirió el joven fotógrafo.

—No Robert, no me siento bien… ¿sabes por qué? Las estamos aniquilando. Al destruir los prados o talando los bosques, especialmente sus hábitats naturales, les estamos robando su vida. Es una terrible pena. Hace poco, un científico dijo lo siguiente: *"Si el número de mariposas cae de esta forma, ¿qué pasará con nuestros saltamontes, con nuestros escarabajos o abejas solitarias? Si las mariposas están en problemas, es seguro que el resto de los insectos también lo estén."* ¿Puedes imaginarlo? ¿Un mundo sin ellas?

—No lo sabía.

— ¿Cuál es tu favorita?

—Pues… no lo sé.

— ¿Cómo que no sabes?

—Yo… simplemente no me he puesto a pensar. Creo que todas las especies son grandiosas a su modo.

—En eso tienes razón.

—Aunque me aburre pensar en las experiencias que pudieran llegar a tener algunas personas, con respecto a sus gustos por ciertos animales.

— ¡Espera! ¿Te aburre esta experiencia que acabo de compartir contigo?

— ¡No, no es eso! Una vez platiqué con una chica que me enseñó todas sus colecciones de mariposas, y de cómo se identificaban a cada una de ellas. Y después, solo se rió de mi ignorancia y hasta publicó en sus redes, acerca de mi falta de conciencia hacia estos animales —suspiró—. Una larga historia.

— ¿Me estás comparando con esa persona?

— ¡No, no quise decir eso!

— ¿Entonces? —el mencionado senderista, se sintió acorralado.

—No es nada de eso, es solo una banalidad mía.

— ¿Cómo?

—No es nada, nada sin importancia, en serio.

—De acuerdo, este es el trato, si vas a ser mi amigo, no te pediré nada que no quieras compartir, y tú también harás lo mismo conmigo. Vamos, regresemos.

—Elizabeth, no... Espera. ¡Aguarda!

Pero ya la muchacha, visiblemente frustrada, emprendía el camino de regreso a toda prisa. Robert permaneció un rato en el sendero, reprochándose por haber sido tan ingenuo y por haberle relatado esa estúpida anécdota. Y entonces, corrió para alcanzarla. Intentó hablar con ella, pero fue infructuoso. Se le ocurrió tomarla del brazo, pero esa acción, llevó a que Elizabeth trastabillara tropezando con una gruesa raíz. Y en el proceso, el apremiado senderista, con intenciones de ayudarla y sin desearlo, aferró el borde de su playera, que, debido al brusco e inoportuno movimiento del agarre, condujo a que se rompiera; y que ambos se precipitaran a tierra, estrepitosamente. El accidente no hubiera pasado de ahí, de no ser porque uno de los senos de la desdichada mujer, asomara al aire enseñando todo su blanco y suave contorno. Robert, empalideció al ver la consecuencia de su infeliz proceder. Y en un acto por enmendar el daño se quitó la playera y cubrió el desliz ocasionado por su iniciativa. Pero en lugar de soltar la prenda sobre el busto, la apoyó sobre este, llevando a que lo tocara. Inmediatamente, retiró la mano.

«¡Ah, no puede ser! ¡Torpe, torpe! Es increíble, no puedo creerlo.»

Elizabeth, estupefacta por lo ocurrido, ahogó una exclamación, y en un acto reflejo, y para salir de aquel atolladero en el que había caído, movió su brazo con brusquedad y se lo quitó de encima.

— ¿Cómo te atreves a tocarme? ¿Te has atribuido la confianza para hacerlo? No soy ni Sonya o alguna otra para que intentes eso conmigo, Robert. ¡Mira lo que has hecho! ¡Me has avergonzado!

—Lo-lo siento fue... fue un accidente.

— ¡Por supuesto que lo fue, insensato atrevido! —respondió con enfado, en tanto buscaba corregir su percance con un nudo a la altura de su hombro derecho—. Tal parece que tu distracción, se asemeja a un torbellino en el que solo tú puedes volar. Venir aquí contigo fue una mala idea. Abrirte las puertas de mi oficina, de mi casa, ¡mi hogar! Torpemente me has abochornado en frente de otros. ¡Carajos, Robert! ¡Apártate de mí vista! O regresa por donde vinimos, me es igual.

Y partió a toda carrera hacia la casa de su abuelo.

— ¡Elizabeth!, por favor...

Un aturdido senderista, de pie sobre la margen del camino sin saber qué hacer. Rodeado por una considerable cantidad de paseantes, confundido y apesadumbrado, con las manos en la cintura, veía hacia el sendero, por donde una agitada y airada empresaria, había desaparecido de su vista. Teniendo en cuenta lo que acababa de ocurrir, advirtió que todo el asunto se había colado por el drenaje. Y para su mente que en ese momento estaba fuera de foco como si hubiera equivocado de rumbo; consideró que tal vez, todo el asunto de su relación con ella, se había roto para siempre.

Su tesón había sufrido un revés y no se encontraba con las fuerzas suficientes para seguir a bordo de un bote, que supuso, había encallado abruptamente. Sus manos estaban temblando, y sus pensamientos lo empujaban hacia una fuga inmediata.

—Se acabó —dijo inmerso en un terrible malestar—. Me largaré de aquí.

Esa tarde, Elizabeth hablaba con su abuelo e Isabella, manteniendo al margen a su amigo, quien, ya pensaba en la ruta de regreso a Leeds. Nunca se había sentido tan incómodo como en esas confusas horas, durante el incidente con la intimidad de Elizabeth. La distancia que la muchacha impuso sobre él, le dolió atrozmente. Siquiera hubo indicio de conciliar el asunto a través de un diálogo sensato, o de que él, pudiera pedirle perdón. La joven empresaria no le brindó chances de que las cosas pudieran llegar a arreglarse. En ningún momento se prestó para conversar acerca del tema. El sufrido invitado, comenzó a pensar que el error que más temía terminaría siendo real. Presintió que la derrota y el fracaso, se enroscaban a su cuello.

«Esta noche me regresaré a Leeds, tomaré mis cosas y me iré. Tal parece que la oportunidad una vez ofrecida por el destino, se fue por la alcantarilla de un mal entendido. Sí; prefiero volver y si tiene que terminar, que así sea, pero no me arriesgaré a sostener una confrontación con la duquesa de la villa o a un sermón que me indique lo torpe que he resultado ser frente a sus ojos. Después de todo, fue idiota pensar que podría haber tenido una oportunidad con ella. No bien todos se duerman, me largaré de una maldita vez.»

Elizabeth mantuvo su neutralidad. Ni una mirada, nada.

Durante la cena llevada a cabo en el exterior, Robert casi no probó bocado.

«¡Maldito sea mi entusiasmo de adolescente! Me iré, no me quedaré.»

Poco a poco un pánico inusitado, tomaba las riendas de las emociones del joven conserje. En su corazón ya se había trazado el plan.

Finalizada la cena, Elizabeth ayudó a Isabella. El despectivo y helado muro levantado en un santiamén por la muchacha, terminó por convencer al ya solitario senderista.

«Maniática suerte la mía...; en definitiva, no sé cómo tratar con esta clase de mujeres. Puede que en el oriente o Europa tenga suerte y encuentre alguna loca que no me eche a volar.»

Fingió no sentirse bien, y pidió retirarse a su habitación. Una vez allí, caminó de un lado hacia otro.

«Estúpido Romeo no has podido dejar de soñar despierto»

De pronto, alguien llamó a la puerta. Un descansado Pat le indicó que lo siguiera.

«¿Ya qué...?»

Se dirigieron hacia una colina desde donde se divisaba gran parte de Otley. Se sentaron sobre la hierba. Robert, exclamó por lo bajo al ver el paisaje nocturno.

—Hermosa vista, ¿no lo crees? —dijo el gran hombre—. ¿Una cerveza?

—Gracias. Y en verdad, es maravillosa la estampa.

—Como mi nieta —el muchacho inclinó su rostro sin responder—. Hijo, sé cómo la miras y te admiro. Según su madre, no cualquiera se acerca a mi niña, se requieren de años de paciencia y un firme carácter para tomar su amistad. Y al parecer, tú lo has logrado.

—Igual ya no tiene importancia.

—¿Por qué, si se puede saber?

Robert bebió un trago de su cerveza y suspiró, al fin exclamó resuelto.

—Un error que cometí sin desearlo. Un accidente —fue todo cuanto dijo, siquiera se atrevería a decir que le tocó el seno a su nieta—. Ahora ella, es una leona y no me hablará por un largo tiempo.

—Comprendo que no quieras compartirlo el infeliz suceso. Estás en todo tu derecho; pero, ¿te rendirás con facilidad? —preguntó Pat contemplando el panorama, mezclado con luz y sombras en la espesura del valle.

—Es muy ruda, difícil y hasta complicada. Posiblemente recibiría una bofetada de su parte, no lo sé.

—Como dije, al ignorar lo acaecido entre ustedes dos, no puedo decir mucho. Como sea el caso; supongo que todo ha sido un malentendido, muchacho; deberías hablar con ella.

—No lo sé, puede que tenga razón.

—Al menos habrás aclarado tu situación y ambos después de un lapso de tiempo, lo podrán intentar de nuevo.

«¡Viejo! ¿No entiendes lo que te digo? Cielos, debo irme cuanto antes de este lugar.»

—Gracias por la cerveza, por la cena y compartir con su familia, en verdad lo aprecio.

Dicho esto, volvió a la casa. Pat le deseó buenas noches y que reconsiderara lo que estuvieron hablando.

Horas más tarde, mientras todos dormían, un sigiloso Robert, se escabullía del lugar, perdiéndose en las sombras. No volteó a ver. En las horas que esperó, planeó su próximo movimiento. Pediría dinero a Sonya, y mentiría acerca del motivo; después, compraría un boleto de autobús, y se iría en pos de un nuevo y lejano horizonte.

Oculto por las sombras de un viejo roble detuvo su andar, apoyó su mano sobre el tronco y echó un último vistazo a la casa.

Estaba seguro que no soportaría otra mirada de indiferencia de su amiga o cualquier otro helado motivo que le arrojase a la cara.

Una vez lejos del lugar, respiró aliviado que nadie notara su silenciosa partida. Al menos eso creyó, porque Isabella que rondaba en esos minutos por la casa, lo observó perderse al pasar los árboles. Pensativa, quedó en la ventana, intentando comprender, el motivo de ese apresurado alejamiento.

«¿De qué huyes muchacho? ¿A qué le tienes miedo?»

Probablemente en la mañana lo averiguaría. Regresó a su cama. Elizabeth, dormía, ignorante de todo lo sucedido.

CAPÍTULO 6

Horas más tarde, cansado, con ojeras, sed y rastros de haber atravesado un campo de guerra; el exigido conserje y senderista, llegaba a su departamento. Dejó su equipaje como estaba, y fue por una tibia ducha. Deshidratado pero feliz por su nuevo plan de contingencia, se arrojó a su cama tal como salió del restroom, y entonces, recordó que debía ir a pedir dinero a Sonya. Se incorporó de un salto, se vistió y salió con rapidez.

En esa misma hora Elizabeth golpeaba con ahínco la puerta donde se suponía debía estar su amigo.

—¡Robert, despierta! ¡Es hora de irnos!

Isabella apareció con un pocillo de café.

—Por la noche —dijo bebiendo un sorbo—, buscó el abrigo de la oscuridad.

—¿Disculpa?

—Se ha ido.

Elizabeth parpadeó creyendo no escuchar bien. Sus ojos se encontraron con los de Isabella.

—¿Se marchó?

—Si, linda; se lo veía angustiado, y la luz de la luna, fue suficiente para distinguir lo desolado que estaba. Lo supe por la forma en cómo se apoyaba en los árboles.

La muchacha extendió la mano hacia el picaporte y luego de unos segundos, desistió.

—Es lo mejor. Iré por mis cosas.

Isabella la interrumpió.

—¿Jugarás ese juego, querida?

Elizabeth volteó a verla.

—¿Cuál juego?

—Ayer por la noche, percibí una atmósfera enrarecida entre ustedes dos, lo cual hizo a la velada interesante, portadora de una crisis, ¿me equivoco?

—Un inconveniente, que ya se ha resuelto al parecer.

—No tengo participación en su conflicto, y estoy pecando de indiscreta; a pesar de ello, te preguntaré lo siguiente Elizabeth, ¿por qué estabas con él?

—Como has dicho no es asunto tuyo Isabella, te ruego me perdones, pero debo irme, tengo una reunión.

—Claro, después de todo, la vida ronda sin sentido y sin respuestas para algunos, ¿no? El dinero, los sueños, las metas, la empresa, son más importantes que una vida plena de sentimientos auténticos y genuinos, con una persona que está dispuesta a ir al fin del mundo, contigo, ¿cierto?

La mujer regresó a la cocina, dejando en el ambiente un pesado silencio. Elizabeth permaneció reflexiva. Al instante, salió presurosa, su abuelo la esperaba en su Ranger 2012 de tono oscuro.

—¿Robert?

—Se ha ido por la noche —dijo Isabella

—Vaya, es un buen muchacho. Ojalá se encuentre bien.

Elizabeth no respondió, su mirada al frente dio referencia a su abuelo que no deseaba tocar el tema. En el camino, la joven empresaria se contactó con Sonya.

Minutos después llegaban a las oficinas del lugar. Una considerable cantidad de personas aguardaba en el vestíbulo, entre ellas, Helen, Sonya y el recién llegado de sus vacaciones Patrick, con su habitual aire de triunfador.

«Maldita gallina, te desplumaría aquí mismo», pensó Elizabeth.

También se encontraba el contador, Percival, que sufrió un trauma repentino al ver a Pat escoltando a su nieta. El gran hombre que inspiraba respeto en todos los presentes, avanzó con determinación y firmeza hacia el salón de conferencias.

Elizabeth, como siempre, arreó afuera a todos los no involucrados, y por supuesto, tomó la voz de mando.

—Antes de dar inicio a la reunión, quiero dejar en claro ciertos informes en relación a un par de miembros presentes en esta sala.

Y entonces pasó a relatar con sabiduría magistral, su previa presentación, exponiendo los diversos caracteres formulados en contra de Percival y Patrick, así como su mal proceder, falta de ética profesional y lealtad a quienes lo estimaron en confianza para su cargo.

Los involucrados forzados a mantener la calma, escucharon atentamente los descargos de la gerente, y a su vez, no perdían de vista a Pat que los fulminaba con su mirada; expresión que tomaron muy en serio, al punto de sentirse atemorizados como unos indefensos cervatillos enfrente de un león.

La primera dama, fue detallando los errores de Percival en el manejo de fondos y transferencias de ambas firmas. Las veces que no quiso responder a las necesidades de Bizarre Games Uk y Web Services GPS, los registros telefónicos no correspondidos, aquellos ocultos y en los que derivó participación personal sin el consentimiento de los directivos a cargo. De igual modo, el mal uso de sus funciones como profesional, la asociación ilícita con un miembro activo y participativo de su lugar de trabajo, como era el caso del señor Patrick y, otros posibles problemas fiscales todavía no resueltos del todo.

Cabía decir que los semblantes de ambos contribuyentes, sufrieron un terrible cambio al presentarse las definitivas pruebas en su contra.

—Es tiempo de que cumplan con sus deberes caballeros —vociferó Pat—, porque tanto mi nieta como yo, no nos opondremos a la fusión de la empresa. Sin embargo, ustedes dos están fuera de la ecuación. Sus respectivas cartas registradas ya han sido remitidas, quedan efectiva e inmediatamente fuera de esta operación comercial. Devolverán las llaves de las oficinas tal cual, y se lo solicitarán los registros de todos los datos y archivos.

Hizo un gesto a su nieta para que prosiguiera. Elizabeth se apoyó sobre la mesa.

—Disponemos en estos momentos de un nuevo contador, por lo cual ustedes dos, colaborarán con él, en todo lo que sea necesario. Les aseguro caballeros, que mi indignación frente a la falta de consideración y respeto que muy inescrupulosamente han cometido contra mi persona y esta casa a la que han pertenecido, es muy alta. No les daré más explicaciones, considérense notificados y excluidos de todo trato con nosotros y la fusión, ¿quieres agregar algo Helen?

—Se hará como tú has dicho. Solo incluiré que sus ingresos a mi empresa, están vedados, no admitiré personas de baja calaña en mi casa. Pueden salir caballeros, esto ya no les incumbe.

Al igual que dos reos dispuestos a ser fusilados, recogieron sus carpetas, maletines y abandonaron la oficina, delante de las inquisitivas miradas de todos. Afuera, un par de sujetos vistiendo trajes negros, los condujeron por el pasillo hacia otra habitación.

—Antes de continuar —dijo el abuelo—, quiero anunciar algo más. A partir de hoy, dejaré de ser el socio principal de mi actual empresa Bizarre Games Uk. En mi lugar, quedará mi nieta Elizabeth, quien asumirá en este instante como accionista mayoritaria —la muchacha se incorporó con lentitud de su asiento, y el hombre lanzó una risotada que hizo temblar a todos—. Con toda seguridad, no te lo esperabas mi niña; y no solo serás accionista de tu antigua empresa, sino que tendrás participación mayoritaria en la original, disponiendo de todos los derechos y autorizaciones para hacer lo que desees.

Elizabeth, se llevó las manos a su boca, intentando controlar su emoción. Helen, se levantó de su silla, fue hasta ella y la abrazó.

—Tal parece que tus sueños son demasiados fuertes para ser detenidos, continuarás y con más fuerzas. Te lo mereces amiga, te felicito.

Elizabeth respondió al abrazo con sinceridad, derramando algunas lágrimas.

—Bien, avancemos —dijo su abuelo con una sonrisa.

Finalizada la reunión, la fusión había iniciado. Helen, tomó de un abrazo a Elizabeth y la condujo aparte.

—Quiero que seas mi socia Elizabeth, mi socia en lo que fuera tu empresa.

— ¿Qué estás diciendo?

—Nadie mejor que tú, para recorrer un camino que ya conoces en todos los aspectos. Imagina las probabilidades que tendrías de extender ambas empresas. Yo te daré amplia libertad para que te muevas en todo lo que consideres necesario. No despediremos a nadie, y tendrías tus fundaciones activas, aquello que se esté llevando a cabo, y más.

— ¿Lo dices en serio?

— ¿Sabes? Ese es un cliché de película. ¡Claro que es cierto! ¡Tendrías participaciones similares a las mías! Continuarías con tus proyectos, y más adelante, quién sabe, hasta tal vez podríamos hacer algo juntas, ¿qué dices?

Elizabeth, volteó a ver la gran cantidad de personas que llenaba el vestíbulo, y suspiró con fuerzas.

—De acuerdo, lo tomo, seremos socias. Serás mi jefa en este lugar, pero yo manejaré los cambios, lo que sea necesario para que siga en ruta.

—Hacia adelante y arriba, no te quepa la menor duda. Te quiero en esto Elizabeth. Verás, yo... financio otros proyectos, pero éste, es especial, lo sé porque guarda un potencial increíble. Has trabajado tan duro y con mucho esfuerzo que no veo a nadie más que tenga la fortaleza y el temple para conducir esta significativa maquinara. Asimismo, lamento cualquier dolor de cabeza que te haya ocasionado, y de verdad lo digo.

—Descuida, lo pasado pisado. Lo haremos juntas, trabajaremos en equipo. Organiza los papeles y el lunes lo sellamos. Gracias.

—Gracias a ti. Otra cosa, daré una fiesta esta noche en la casa que he adquirido, muy cerca de donde vives, estás invitada a venir.

—Veré, gracias igual.

—Perfecto, nos vemos.

— ¡Conduce con cuidado, no dejes que los ánimos actuales te distraigan del camino!

—Lo tendré en cuenta, cuídate y salúdame a Robert.

Solo en ese instante, en ese punto de convergencia triunfal, se percató de su desaparecido amigo, y por primera vez, sintió un vacío en su pecho, como si todo lo que hubiera conseguido en este día, no fuera suficiente. Buscó a Sonya y la invitó a tomar un café en su oficina. Conversaron de algunos detalles de la fusión, los ajustes previos a dicha transacción, y la propuesta de Helen para ser su socia en el lugar.

— ¡Es maravilloso querida! Es decir, ¿esta oficina continúa perteneciéndote?

—Tal parece —dijo con cierto sentimiento agridulce, observando la columna.

— ¿Qué sucede? ¿Todo está bien?

— ¿Has sabido de Robert?

—Oh, nuestro chico en común. Pues no, pensé que lo vería aquí. Verás... días antes, se encontraba inquieto por lo que estabas atravesando.

— ¿Días antes? Espera... ¿Acaso tú ya lo sabías?

—Touché madeimoselle. Es verdad, pero ambos no queríamos importunarte, y me hice la distraída, oficiando de celestina y esas cosas.

—No dejas de sorprenderme, Sonya.

—Fue por una buena causa, Betty; el chico realmente la tiene contigo. Él no cesaba de hablar de ti, de esto y aquello. Conozco a Robert, y no es de lo que usualmente tienen miedo, es capaz de caminar por el valle de sombras y muerte mientras lee un libro sin alterarse. Fuerte como un buey; y no lo digo como referencia para ti. Inteligente y a la vez tímido como la aureola de una monja en un bar de marineros —hizo una pausa—. Hoy fue a mi casa a pedirme algo de dinero, no me dijo la razón. Y cuando pasé por su apartamento a recogerlo para venir hacia aquí, no lo encontré. Unos vecinos dijeron haberlo visto partir con una gran mochila —se detuvo y observó a Elizabeth—. ¿Ocurrió algo entre ustedes?

La mencionada salió de su silla y fue hasta la ventana. Luego de un breve intervalo, comenzó a narrarle lo sucedido en las inmediaciones de la casa de su abuelo, hasta su fugaz partida en medio de la noche.

—Ay, no, no —dijo algo preocupada Sonya, levantándose de su asiento.

—¿Qué ocurre?

—Robert, es el tipo más centrado que he conocido, prudente, leal al cien por ciento, pero debo decirte algo Elizabeth, indirectamente si te lo haya dicho o no. Robert gusta de ti y mucho, pero no quería echarlo a perder, entonces le sugerí que no te lo comentara, que fuese con calma conforme transcurrieran los días, adquiriendo la necesaria transparencia de ir evolucionando en su relación contigo.

—¿Qué estás sugiriendo? —preguntó, regresando al lado de su mesa.

—Nada, es solo una suposición —buscó su teléfono, y llamó al número de Robert. La señal era escasa—. Necesito ir a un lugar más alto. ¡Caray, Elizabeth! ¡Tanto drama porque solo te tocó el pecho sin querer? ¿Qué fue lo que pensaste al decirle todas esas cosas?

—Lo siento, yo...

—Es igual, necesito ubicarlo. ¿Se puede ir a la terraza para encontrar señal?

—S-sí, sígueme.

En el camino se toparon con Pat. Elizabeth permaneció con él, puesto que, éste se lo pidió para conversar de un tema. Sonya, continuó sin detenerse. Recorrió las escaleras con el corazón saliéndose de su pecho.

«Espero que no termines haciendo una tontería. ¡jodida trama! Justo ahora se le cruza en el camino.»

Una vez arriba, llamó desde varios puntos del área, hasta que su teléfono comenzó a dar tono; se sentó sobre una estructura a medio construir. Puso el aparato en alta voz y aguardó, impaciente. La ansiedad impulsaba a sus rodillas a moverse.

—¡Vamos, contesta! ¡Contesta!

—Hola, Sonya.

—¡Hola, Robert!

—¿Todo está bien?

—Mira, no sé qué rayos estés pensando, pero lo solucionaremos de alguna forma.

—De modo que ya lo sabes.

—Si, tu chica me contó lo ocurrido en la estancia de su abuelo. ¡Igual no quiero hablar de esto! Solo quiero que sepas que, no deseo perderte; no tengo a nadie más en esta ciudad. Tú eres mi familia, mi amigo.

—Sonya, ¿por qué me dices todo esto?

—Porque en vista de lo ocurrido, eres capaz de subirte a tu carro y enfilar hacia la carretera más cercana.

—Lo pensé. Pero tu imagen fue más fuerte. Recordé que eres la única mujer con la que puedo estar sin fingir nada. Contigo, puedo ser quien soy. Abiertamente y sin prejuicios. Y... me siento cómodo con eso. Cómodo y feliz.

—Cielos, Robert, ¿qué estás haciendo?

Se produjo un breve intervalo del otro lado.

—Tienes razón, es imposible e irrazonable lo que estoy diciendo.

—No, no es eso. Mira, ¿por qué no hablamos de todo esto?

—No hay problema, Sonya —suspiró—, hablemos si eso quieres.

—Sabes que siempre podrás contar conmigo.

—En ese caso, ¿quieres tener una cita conmigo?

La aludida no creyó oír bien.

—¿Qué acabas de decir?

—Lo que escuchaste.

—No juegues con eso.

—No lo hago. Quiero salir contigo. Eres mi amiga y yo, deseo tener una cita contigo.

—Pero... somos amigos. Quiero decir.... Tú y yo... Eh, no... no podemos.

—Sonya, ¿qué impide que tú y yo podamos disfrutar de una velada juntos?

—Robert...

—Tanto tiempo hemos sido amigos... que siquiera hemos salido a comer o a bailar, ni mucho menos hemos caminado junto al río Aire. Una actividad que, si mal no recuerdo, nos agrada de sobremanera a los dos. ¿Por qué entre nosotros debe existir esa estúpida regla de no... de no frecuentar lugares como si de una pareja normal se tratara? ¿Por qué, Sonya? Dímelo...; o acaso nuestra amistad es un parangón que solo sirve para reuniones casuales.

El silencio se coló en la conversación.

—Robert —dijo después de una corta pausa—, mi amor, no estás pensando con claridad.

—¿Por qué lo dices? Porque he cometido una condenada equivocación con Elizabeth, y piensas que te estoy buscando como algo secundario que podría servirme de paño. ¿Eso crees...?

—No, cielo, no es eso...

—Te amo, amiga mía. Y sé que tú también lo haces. Amor, amistad, amistad, amor. Todo es tan confuso a veces, que es como si no pudieras discernir lo que en realidad necesitas en tu vida. Y no estoy confundido, porque yo pienso muy bien las cosas. Nunca me he sentido tan lúcido como hoy. Lúcido y razonable.

—Robert, cariño —expresó con un suspiro—. ¿Dónde estás?

—En tu casa, esperándote.

—¿Qué?

—Pues, con el dinero que te pedí, encargué algunas cosas para el almuerzo. Quería comer con mi amiga. Por eso lo de invitarte a comer, salir, y ese tipo de cosas.

—Comprendo... ¿Dime una cosa?

—¿Qué?

—¿Deseaste marcharte alguna vez?

—Lo pensé, pero después se me ocurrió almorzar contigo, y de nuevo, invitarte a salir, hablar, y de nuevo; como dije, ese tipo de cosas. Mira, es cierto que estaba metido con Elizabeth, pero... la situación se salió de escala. ¡Y en esos desgraciados y solitarios momentos, donde ella no me habló ni siquiera me dio oportunidad de pedirle perdón por un estúpido accidente que cometí en su contra! Yo no supe que hacer. Tú, bien sabes como soy cuando de rechazos se trata. Puede que para mucho sea exagerado. No lo es para mí. Yo... no pude atinar a nada. Y solo pensé en ti. Pero no estabas. Yo en verdad te necesitaba —pausa—. Te necesito, Sonya.

La mencionada levantó el rostro al cielo y negó con la cabeza, sintiendo un nudo en su corazón, un molesto sentimiento que la acuciaba.

—Loco, mira lo que vienes a decirme —jamás pensó en encontrarse en una situación como la actual. Esto la superaba. De pronto, el amigo a quien amaba y con quien gustaba encontrarse para hablar de asuntos triviales. Reír un poco. Bromear juntos y perder el tiempo en boberías; ahora un asunto que nunca creyó que tocaría, se plasmaba delante de ella con suficiente realismo, como para no saber que decir.

—¿Me amas? —arrojó Robert.

Hubo un resplandor de emociones en el rostro de Sonya al escuchar esas palabras. Fue tan fuerte que se la ahogó por unos instantes. Llevó la mano a la boca y acusó un gesto de fervor y tristeza al mismo tiempo. Lo siguiente que dijo fue muy pausado, dicho con mucha suavidad.

—Cielos, Robert, siquiera debes preguntármelo. Sabes que sí.

—Genial. En ese caso, no puedes decirme que no.

— ¿Cómo podría, mi vida? ¿Cómo podría negarme a tu solicitud? —aspiró con fuerzas e intentó quitarse el sopor que sentía en su pecho—. Solo contesta esta pregunta, por favor, ¿qué fue lo que pasó entre ustedes dos?

Y en ese preciso instante, la mencionada empresaria se llegaba hasta el lugar y, con lentitud, se acercó hasta colocarse detrás de Sonya, a dos metro y medio de distancia, lo necesario como para escuchar la conversación.

Robert, tras una pausa, comenzó a narrarle lo ocurrido en el bosque. Lo hizo detalladamente sin obviar nada.

—Definitivamente —concluyó—, ella no es para mí, ni yo lo soy para ella. No importa cuánto me esfuerce, dicha empresaria se encuentra a años luz de distancia. Quizá no debería tratar de encontrar a alguien que sea tan exigente o compleja, o ser atraído solo porque alguna vez me gustó. No, estimo que debería ser más agradecido con las personas que me rodean y prestarles un poco más de atención y cuidado. Alguien como tú —pausa—. Sé que somos amigos. Pero de alguna forma, he aprendido a amarte incondicionalmente; pero nunca me te he visto más allá de lo que pudiéramos llegar a ser, en caso de querer profundizar, ¿me equivoco en decir esto?

Sonya no respondió de inmediato. Suspiró y levantó de nuevo su rostro hacia el cálido y despejado cielo de Leeds. Pensó por unos breves segundos el rumbo que estaba tomando la conversación. Y entonces:

—Robert, yo... no sé qué responder a tu petición... es decir, mi amor de amiga por ti, es algo que no puedo expresar y... es único, especial y...

—Bendita amiga mía, ¿por qué no vienes y lo hablamos?

Al escuchar esas palabras, Elizabeth entendió que aquella posible relación con ese hábil senderista, no se podría dar jamás. Una especie de revelación incomoda y difícil, la golpeó de los pies hasta la cabeza. Se dio cuenta de que no habría forma de arreglar aquello. Por su parte, Sonya, comenzaba a transpirar más de lo debido.

—Robert, mi cielo, no es necesario. Por el momento, tú tienes a tu chica de ojos nostálgicos. Deberías hablar con ella. Ambos deberían hacerlo. No puedes darlo todo por perdido.

—Que no la tengo, ¿por qué insistes con eso? Y si lo intentamos de nuevo, y por alguna idiota razón, meto la pata. ¿Otra vez quedaré expuesto a sus sermones? ¿Me dirá nuevamente que soy torpe, que más le valdría no haberme conocido nunca? ¿Qué soy un miserable desconsiderado, un atrevido audaz que no piensa las cosas? ¿A eso quieres que llegue con ella?

— ¿Qué estás diciendo? ¿Todo eso fue lo que te dijo?

—Sonya, no te rogaré. Estoy cansado y se me han ido las ganas de cocinar. Es más, me regreso a mi departamento. No te haré perder más tu tiempo. Gracias por escucharme y...

—Robert, por favor...

—Me voy, lamento no terminar el almuerzo. De todas maneras, tú puedes hacerlo.

—Robert...

—Nos vemos.

— ¡No, no me cuelgues! —exclamó con enfado—. ¡No te atrevas dejarme aquí plantada!

—Por favor, terminemos aquí, y olvidémonos de todo esto. Quiero irme a dormir.

— ¡No, no te irás! ¡Quédate ahí, ya voy! ¿Me has escuchado, Robert?

—Carajo...

— ¿Robert...? —se escuchó con énfasis.

—Ok, pero me acostaré en tu cama. Estoy cansado.

—Eh… de acuerdo. Hazlo. No me molesta. Solo espérame. Lo que ocurrió en ese lugar apartado de todos, solo fue un estúpido accidente. La vida no es perfecta ni nada cae en el justo momento. Quiero, y es mi deseo, que seas feliz.

—Lo seré contigo.

— ¡Rober, ya! Basta, estoy hablando en serio.

—Yo también. Y no me digas que no, porque me voy.

— ¡Robert!

—Ya, no diré más. Me callo. Pero ven por favor. Quiero que vengas.

—Lo haré, lo haré. Solo espérame. Iré no bien termine aquí, ¿de acuerdo?

—Sí, y… aceptaré tu consejo de arrendar el departamento que se encuentra al lado de tu casa, también renunciaré a mi trabajo, no quiero estar en un lugar en el que me relacione con ella.

—Robert, solo espérame, ¿está bien?

—Ok, aquí te espero.

—No te muevas de ahí, ¿lo has entendido?

—No lo haré. Ya estoy a punto de desplomarme sobre tu cama.

Cuando colgó, sus lágrimas se desataron. Toda esa inesperada plática la tocó muy adentro. Y a pesar de que podría llegar a existir una probabilidad de que él y ella pudiera estar juntos en una relación, optó por desistir de abrir esa puerta. Por el momento, no debía hacerlo. Negó con la cabeza y suspiró con fuerzas.

—Cielos, Robert… ¿En qué me has metido?

Elizabeth, comprobó que muy posiblemente, el mundo de Robert, era de puras tonterías y con pocas ganas de responsabilizarse; que le resultaba mejor huir y abandonar al soldado herido que dar la cara al enemigo y avanzar hasta resolverlo. Apática y dispuesta a terminar con toda esa cuestión, se aclaró la garganta.

—Oh, estás ahí —dijo Sonya limpiándose los ojos—, disculpa no te escuché llegar.

—Recién vine, ¿está todo bien?

—Si, Robert, se encuentra en mi casa.

—Que bien, yo...

—Escucha Elizabeth —dijo saliendo de su asiento—, lo que haya pasado en ese bendito rincón del mundo, ya pasó. Ha sido una tontería. No fue intencional. Un traspié, eso fue todo el incidente. A pesar de ello, mi chico, mi amigo, ¡él!, me preocupa. Y te diré una cosa, jamás te ofenderá, mucho menos te hará daño. ¡El muchacho se interesó por ti! ¿Lo entiendes? Ese tonto sentimiento, está en nuestra naturaleza, es un disparador que no sabes cuándo accionará el interruptor. Mira, si no quieres verlo más, por mi está bien, de hecho, él acabó de decirme que no te molestará. Robert, es un chico inteligente, dulce, soñador y es tímido, lo cual no es su culpa. Tuvo una infancia difícil, cruel y amarga —suspiró y llevó las manos a la cintura—; tal vez, esa es la razón por la que no sepa cómo tratar con las mujeres, excusándome, por cierto.

—No, está bien. Acepto la decisión de Robert. Creo que él ha decidido que no hay ninguna posibilidad de que podamos tener algo entre nosotros. Y con toda franqueza, en estos momentos, mi trabajo está primero.

— ¿No hablarás con él, al menos?

— ¿Para qué, si su comportamiento dista mucho de la de un hombre que es capaz de soportar las afrentas sin rendirse? —agregó en un tono imperativo—. Se rindió frente a un pequeño obstáculo y prefirió abandonarse a tus brazos que intentar aclarar las cosas, conmigo. No quiero alguien así a mi lado. Como dije, él resolvió no acercarse más a mí. Y yo lo respeto. Tengo cosas más importantes de qué preocuparme, que de atender los lloriqueos de un hombre que no puede ver a los ojos, la realidad en la que vive.

—Wow.

—No te sorprendas. Esto es lo que soy. Como dije, no puedo andar lidiando con personas que lloran por nada, y encima huyen de los problemas que ellos mismos se empeñaron en concebir.

— ¿Concebir? ¿Es en serio?

—Conoces la salida —dijo y se alejó hacia una especie de mirador.

—Increíble.

Sonya la vio marcharse como si nada. Una situación que la tomó desprevenida. Supo que no podría hacer ni decir mucho al respecto. Optó por alejarse también de ese lugar.

Elizabeth, observó la ciudad y un par de lágrimas se coló por sus ojos. Inclinó la cabeza, y pensó, puede que no sea del todo cierto, y esta desavenencia solo haya servido para mostrarme que él no estará nunca a la altura de mis expectativas. Ni yo, de las suyas. Tonto enredo, solo sirvió para mostrarme que no debo involucrarme con nadie hasta que todo esté en el cauce correcto. Sí, no debo dejar que los sentimientos se crucen en mi vida; porque... solo servirán para distraerme, y no puedo permitirme tal cosa. No moriré bajo la mano del conformismo amoroso.

En el camino hasta su casa, Sonya sopesó lo que había entendido, se trataba de algo muy serio y revelador. Atrás quedaba la postura reacia de una mujer que había optado por seguir su camino sin importarle nada más. Y aquí se encontraba ella, escuchando los latidos de su corazón que marcaban un ritmo acelerado.

«Robert, querido mío, me encuentro a las puertas de una encrucijada; temiendo que lo tuyo, sea únicamente, una respuesta emocional a tu dolor.»

Varias veces, detuvo su auto, repasando cada palabra proferida por su amigo. Analizando todo minuciosamente.

Robert, escuchó estacionar el auto y supuso que su amiga había llegado. Luego vino el sonido inconfundible de la puerta que se abría. Salió de la cama, y fue a recibirla.

En la sala, se encontró con ella. Su amiga vestía con la elegancia de los artífices de prendas sintéticas; su traje de satén negro, el pelo recogido y ajustado con palillos chinos, peculiar, pero a la moda, de tez despejada, enmarcando un semblante cálido y de facciones amables, delineadas y acorde a su cara; fue, en resumen, la imagen inconfundible de una mujer esbelta y atractiva, La aguda abogada lo observaba con detenimiento. Ninguno dijo nada por unos segundos. Robert creyó estar imaginando un reflejo que sus pensamientos le traían a modo de aparición, pero se dio cuenta que no, de lo contrario sería el colmo.

La mirada de Robert se encontró perdida, abstraída en un lapso que lo inmovilizaba. Despacio, y entre titubeos, la recién llegada se aproximó, y a pocos centímetros se detuvo, sintiendo que el momento se extendía en una eterna pausa para los dos. Ambos respiraban nerviosos, aguardando en el silencio que los precipitaba hacia el borde de sus miedos. Miedo a ser rechazado, miedo a no saber qué hacer si el otro se negaba a amar. Un tangible miedo.

—Robert...

—Cada palabra fue dicha de corazón, y no me arrepiento. De lo que, si me arrepiento, es no haberlo visto antes. Eres grandiosa Sonya, y lamento por todo cuanto pudieras haber atravesado por mí.

Los magníficos ojos de Sonya, grandes y encantadores, se humedecieron.

—Loco, no me hagas esto. Soy tu amiga y...

—Lo soy y lo seré siempre. Pero no deseo solo ser tu amigo, ya no.

—De acuerdo, en ese caso, quiero que nos demos un tiempo hasta que todo madure.

— ¿Madure?

—Robert, piensa un poco, por favor. Hasta hace poco, solo éramos amigos. Y ahora, de pronto ya no lo seremos. Es un paso importante el que estás dando hacia mí. Y por eso, es que quiero que nos demos este espacio. Necesito pensar y revaluar nuestra situación. Podría decirte que sí, pero no lo haré.

—Ok, lo entiendo. Tengamos ese espacio.

Recogía su chamarra cuando la pregunta lo detuvo.

—¿No preguntarás por Elizabeth?

—Sonya, con ella debía fingir algo que no era. Me gustaba, pero no de la forma como pensaba. Cuando la vi transformada en esa diosa de la venganza, me sorprendí de lo hiriente que podría ser. No. No era para mí. Y en el transcurso de mi regreso a Leeds, en la única persona que pensé, fue en ti y solo en ti. Creo que no me daba por enterado del obsequio que se encontraba a mi lado. Muchos pasan años hasta darse cuenta de lo que tienen cerca. Me pasó a mí. Y comprendí, fuera de toda duda y lógica irrazonable, que te amaba más de la cuenta, pero que no deseaba que ese amor se desbordara. Era como si lo mantuviera controlado. Negándome a pensar en algún tipo de relación amorosa contigo. Idiota. El amor que buscaba, siempre estuvo a centímetros de mí, y jamás me percaté de ello —sonrió y agregó antes de abandonar la casa—. Lo demás, aquello que pensaba tener con la ambigua empresaria, resultaba ser simple fascinación por sus caderas y su misterio particular. No obstante, si deseas seguir siendo mi amiga porque ya tienes a alguien más, respetaré eso.

Sonya, estremecida de los pies a la cabeza. Se mantuvo inmóvil. La puerta se cerró y el ambiente se llenó de silencio. Trémula caminó hasta el sofá y se sentó despacio en él. Las palabras de Robert, rondaban por su cabeza de forma nerviosa e inquieta.

Mientras observaba la puerta principal, trató de recordar el día que lo conoció en la secundaria, pasando por la preparatoria, hasta el presente. Conocía esa historia casi de memoria. Pero por alguna extraña razón, en su mente dudaba de que una posible relación entre ellos dos pudiera llegar a formalizarse en algún momento. Se preguntó si acaso el asunto, no estaría pasando por un déficit emocional en los sentimientos de su amigo. Y en ese punto, se produjo un descorazonamiento en ella. Pensó que lo mejor sería, no permitirse dejarse llevar por la eventualidad del momento; y en su defecto, ver las cosas con objetividad en lugar de apreciarlas con el corazón. Al final, se resolvió.

«No sé si podré entrar en este desafío. Todo es tan abrupto como desconcertante.»

Cogió su celular y le envió un mensaje de texto diciendo que debía ausentarse de la ciudad pro varios días, por cuestiones de trabajo. Que no la llamara, que ella lo haría. Robert, respondió que lo entendía, y eso fue todo.

«No me atrevo a ir más profundo contigo, Robert. Temo que esto no funcionará. Lo mejor será aceptar ese trabajo en Boston por unos meses, y ver lo que ocurre a partir de ahí. Temo que solo me estés viendo ahora porque has sufrido un revés emocional y deseas estar conmigo para equilibrar esa falta de afecto que necesitas. Lo lamento, mi vida, pero creo que será lo mejor.»

Robert, leyó el mensaje de texto una y otra vez. Finalmente sonrió entristecido.

«Te conozco demasiado, Sonya. Sé que esto te asustó y de seguro, estás buscando alejarte. Niña tonta, a pesar de que te dije la verdad, sostuve mi recelo de que aceptaras. No me equivoqué... Carajo, está visto que no estoy de suerte.»

En ese estado de apreciación, con el correr de las horas, sin dudárselo demasiado, asistió a la fiesta celebrada por Helen. Más por impulso que por el deseo de estar con viejos conocidos.

El sitio, un salón lo suficientemente grande, inspirado, y adornos que denotaban un estilo poco clásico, un ambiente en el que se podía esperar que sucediera cualquier cosa, insólita y sorpresiva.

Y en este trance se hallaba el ensimismado muchacho, cuando percibió una mano que tocaba su hombro izquierdo. Al voltear para ver de quien se trataba, se encontró a una Helen, portando un atrevido vestido rojo con detalles en negro y bordó, sin excusas, suntuoso y entregado a la más alta de todas las costuras. Y sin preámbulo alguno, y antes de que el asombrado muchacho pudiera expresar un saludo.

—Ven conmigo —dijo llevándoselo de la mano.

Ascendieron por unas escaleras lustrosas, y desde ahí hasta el final de un corredor. Enseguida, se llegaron a una habitación pequeña, iluminada y con algunos muebles, esparcidos aquí y allá. Helen cerró la puerta y permaneció en sin pronunciar palabras. por un breve momento; luego de lo cual.

—Por mucho tiempo, —comenzó a decir, Helen, con amable actitud—, he estado buscándote. Llámalo como quieras; curiosidad, percepción inevitable, peculiar sentimiento, no lo sé. Solo te busqué, y no me refiero a esta fiesta, sino afuera. Lo que quiero decir es que, intentaba dar contigo, conocer tu paradero, y lo hice por todos lados. Pregunté a uno y otro, conocidos y amigos, y ninguno supo que responderme hasta que te encontré en ese... cruce accidental donde y por poco te atropello.

—No entiendo —dijo el aludido.

— ¡Por supuesto que no, tonto sin remedio!, y esto es lo que me abruma, saber que te he perdido, que no he tenido la más mínima oportunidad contigo y, ¿sabes qué...? Me arrepiento de todo —sonrió con nostalgia y desaliento—. Todavía tengo en mente aquella tarde, mucho antes de que iniciaras una cruzada para atrapar a Elizabeth, ¿lo recuerdas?

—Yo...

—Yo sí lo hago, lo mantengo fresco cada día, por lo menos hasta hoy. Fue durante el baile de los egresados del curso superior. Tú te acercaste a mí, y me dijiste que te gustaría invitarme a salir. Y ese gesto tan tierno y tan considerado, que, sin embargo, obtuvo un contundente rechazo de mi parte, no te detuvo; porque después y en el carnaval, cuando unos patanes me molestaban y saliste en mi defensa como todo un caballero, de nuevo lo intentaste. Haz memoria por favor...; porque yo sí lo recuerdo, y recuerdo que... otra vez, te negué a mi vida... ¡Cielos! mi bendito caballero de armadura blanca —negó con la cabeza—. Yo... ¡Tú no sabes cuánto lo lamenté! ¡Cuánto me enojé conmigo misma al haberte rechazado!, solo porque... creía que serías uno más que me trataría como a una cualquiera. ¡Te juzgué mal, mi querido amigo! Lo hice sin escrúpulos, sin darte la más mínima ocasión de tener una chance conmigo.

En Robert se suscitó un recambio de aire. Sus pensamientos se extraviaron en un punto en el pasado. Contempló el rostro radiante de esa mujer y los ojos que lagrimeaban en un intento por redimirse.

—Helen.

—Te rechacé, Robert. Y no me importó. Yo... me largué como una completa estúpida. No supe reconocer tu esfuerzo. ¿Cómo podría?, si estaba más interesada en los chicos de ojos bonitos, mayores y con barba. Solo deseaba diversión al ras del aire, por llamarlo de alguna forma. Tiempo más tarde, te filtraste en mis sentimientos, y me llevaste a pensar, y gradualmente, comencé a ver la clase de hombre que eras..., pero, ya era demasiado tarde.

Se recostó sobre el pecho del muchacho, y su fragancia lo invadió junto al de un perfume cuya esencia no atinó a descifrar, enriquecedor y deslumbrante. En verdad, esa situación fue todo un desafío a sus razonamientos. Aquí estaba, delante de una deslumbrante mujer:

femenina, atractiva, con el cuerpo de una diosa del Olimpo, que le recordaba lo mucho que se arrepentía de haberlo rechazado. Sus sentidos se realineaban en pos de un horizonte con el fin de no perder el equilibrio de las emociones que ya se esparcían en su interior.

—Helen —se decidió el interpelado—, realmente me gustabas y todavía lo haces — ¿por qué no? Si alguien estaba jugando una carta a su favor. ¿Por qué no tomarla? De todos modos, no tenía nada que perder. Y en cambio, podría obtener algo que puede que resultaba beneficioso a su actual estado anímico. Helen, se percató de esa última frase y lo miró extrañada. Robert prosiguió, aferrando con suavidad las manos de ésta, quien no opuso resistencia—. Verás, estaba enloquecido con esa faceta tuya de motociclista y amante de los motores. Pero también, recuerdo el desaire que extendiste frente a todos esos chicos, de los cuales recibí bromas por un año entero, y no te culpo por eso; simplemente resulté ser un molesto, un fastidio, alguien que no podría jamás cumplir con tus expectativas —Helen negó con la cabeza sin interrumpirlo—. Tu indiferencia y digamos, ese sutil acto de diversión ácida que empleaste en mi contra, no lo sé... me dolió, y lo admito, fue difícil olvidarte, lo sufrí y mucho; no obstante, aprendí a no rendirme y entonces, al tercer año, luego de que me empujaras contra la pared, diciéndome que ya no te molestara más... surgió Elizabeth. Y... aunque del mismo modo fracasé rotundamente con ella, por alguna razón —cosa que desconozco—; todavía seguía pensando en ti, y aunque mantuve la esperanza de que, en un futuro cercano, todo podría llegar a ser diferente —la contempló fijamente por unos cuantos segundos. Y nunca un acercamiento fue tan intenso y vehemente—. No te guardé rencor, jamás lo he hecho. La fascinación que despertabas en mí, favoreció de que no me disgustara o llegara a pensar que eras una mala persona, todo lo contrario. Sigues siendo tan excepcional como cuando te conocí; y, por ello, me agradaría mucho de que podamos ser amigos, si estás de acuerdo, por supuesto.

Helen, abrió la boca sorprendida, y sin previo aviso lo besó, ardorosa y provocativamente, con fuerzas. El muchacho, respondió a ese beso y ambos prorrumpieron en una hechizante situación. El beso se extendió por unos varios minutos. Hasta que Helen, gimió muy por debajo, y se apartó con lágrimas en los ojos.

—No me rendiré, no lo haré —agregó tomando el rostro del muchacho entre sus manos—. Serás mi cruzada personal. No lo sé, pero tengo esperanzas, y las aprovecharé. Tuve que ser una completa imbécil para negarte en mi vida, después de lo mucho que hiciste por mí. Solo tú, solo tú, diste tu sangre a mi madre aquella vez cuando ella lo necesitaba para esa intervención de urgencia. Sin contar las veces que me sacaste de apuros con esos mequetrefes que trataron de aprovecharse de mí. Cielos, Robert... ¿por qué fuiste tan bueno conmigo cuando yo no lo fui contigo?

—Helen...

Colocó las manos sobre el pecho de su invitado, y reclinó la cabeza por unos instantes.

—Seré tu amiga si lo deseas. Pero, este beso, me lo guardaré —levantó la mirada—. Y descuida, no me entrometeré entre ustedes dos, ella me ha ganado en buena ley, al menos por hoy. Pero no me rendiré. Yo no creo en las casualidades. Si al presente te me has cruzado en mi camino, lo tomo como una oportunidad más. Una nueva chance de ver si logro recuperar lo que alguna vez debió ser mío.

—Helen, no estoy con Elizabeth.

Los ojos de la bella anfitriona parpadearon confundida. Retrocedió y abrió la boca para decir algo. Pero no lo hizo. Movió sus labios y sus ojos formulando un gesto de desconcierto.

—¿Cómo...? —expresó a continuación.

—No resultó. Supongo que... ella tiene otras expectativas más altas. Puede que sea su trabajo o algo más, no lo sé.

—¿Estás hablando en serio?

—Como lo oyes.

—Lo... lo lamento, de verdad te lo digo. Pensé que tú...

—No estaba enamorado si a eso te refieres. Creo que tampoco dio pie para que eso ocurriera; y eso sirvió para que no me ilusionar demasiado pronto. No pudo ser y se terminó.

—Oh, vaya, no me lo esperaba.

—Yo tampoco, ¿todavía quieres ser mi amiga?

— ¿Quieres que lo sea?

—Besarte como si por fin atrapara esa distante estrella que tan difícil fue para mí.

—Robert... ya te lo dije, pero lo hago de nuevo. Lamento muchísimo haberte apremiado en esos ridículos años atrás.

—Ya déjalo, y déjame que te invite a cenar.

— ¿A cenar?

—A menos que no lo desees.

— ¡No! ¡Digo sí! Por supuesto, me encantaría y...

Robert, la besó de nuevo, y lo hizo al mejor estilo francés. Si debía aventurarse, este era el ahora. Si algo debía hacerse, ahora era el momento. Basta de timideces. Basta de titubeos. Se jugaría el todo por el todo.

No se equivocó. Helen se apoderó de ese preciado instante y se dejó consumir por el delirio que comenzaba a brotar de su pecho. Robert, se sintió en el séptimo cielo.

Poco después, Helen se retiró sintiéndose satisfecha. Lo vio y sonrió.

—Robert, acabas de robarme otro beso y... ¿Qué significa eso?

—Qué muy probablemente, después de tanto insistir, me has dicho que sí.

— ¿Sueles tomarte tantas atribuciones?

—Solo cuando me lo permiten.

La elegante mujer se recostó sobre el pecho de Robert; y el abrazo se sucedió en un bello instante de regocijo.

—No imaginas la felicidad que acabas de brindarme. Yo sabía, lo presentía en lo más íntimo de mi corazón, que un día te encontraría. No esperaba tal recibimiento —se retiró y lo vio con seriedad—. ¿De verdad terminaste con Elizabeth?

—Ni lo dudes. Ya lo sabrás eventualmente por boca de ella.

—No, no será necesario. Ven, bajemos y bailemos un poco. Más tarde nos pondremos al corriente. Me has dado una maravillosa noticia.

El extraviado senderista, no respondió y solo accedió a su solicitud. Fue todo lo que le importaba. Pensó que tal vez podría ser un sueño. Tampoco le importó. De la mano con Helen, descendieron por las escaleras frente a las miradas de asombro de todos los allí reunidos.

«El que no arriesga no gana, dice el dicho —pensó el muchacho—. Sonya, probablemente, no regresará, y puede que sea mejor así. Y en cuanto a Elizabeth, historia vieja. Si no me muevo, nadie más lo hará por mí. Sería un estúpido si dejara pasar una oportunidad como esta. Con el tiempo, sabré si fue acertado o no; por el momento, a disfrutar del presente, y de este delicioso manjar que me ha sido obsequiado.»

No erró en sus conclusiones. Helen en verdad estaba enamorada de él, y para el sorprendido axioma de reveses y contratiempos, igualmente se vio encandilado con la atrayente personalidad de la jefa de operaciones. Y tal como él lo previó. Sonya no regresó. Eventualmente conversaban por medio de llamadas. Pero también eso se vio impreso en pausas que iban y venían. Y poco después, sin previo aviso, dejaron de hablarse. A Robert, que ahora gozaba con la compañía de su formidable novia, poco y nada le importó que la relación con Sonya se interrumpiera.

«Siempre estaré agradecido por todo cuanto hizo por mí, mientras estuvo aquí. Una pena que no me permitiera decírselo. Si ella ha determinado que nuestra amistad debería concluir de esta forma, que así sea. Cada quien por su camino. Y lo mejor del mundo y la vida para ella.»

Por otro lado, para evitar cualquier conflicto con Elizabeth, Helen decidió mudarse a Londres y establecerse allí. Para Robert, que hace ya tiempo deseaba mudarse, le fascinó la idea. Pronto encontró un empleo como asistente regional de una importante cadena de distribución de libros y otros ejemplares literarios. La vida se abría delante de ambos, desafiante y plena de acertijos que valían la pena descubrir. Aunque… cierto día, de un abril húmedo y neblinoso, recibió una inesperada llamada de Elizabeth.

Pero supongo, que será para otro momento.

Eli Key

Did you love *Por muy difíciles que sean las cosas...*? Then you should read *Un invierno cualquiera en Newport*[1] by Eli Key!

[2]

Este libro habla de un amor no correspondido. Habla de la amistad. Es un libro que puedes leer en cualquier parte. La historia es compleja y está basada, sobre todo, en los difíciles momentos que una persona suele atravesar para llegar a buen puerto, tomado de la mano de alguien, a quien ha decidido amar. Es una aventura de Navidad. Un invierno cualquiera. En una ciudad cualquiera.

---

1. https://books2read.com/u/3L5XWJ

2. https://books2read.com/u/3L5XWJ

Also by Eli Key

Cascadas de Perlas Zafiro
Alyséth: Crónicas de Magia y Guerra
La Prisionera de las Mil Noches

Corazones Entrelazados
Un invierno cualquiera en Newport
Erase una vez en el festival del queso rodante en Gloucester
Decepciones y Causalidades en Leeds
El atardecer del último día de otoño

Presagios Vespertinos
Regiones Encadenadas
Cuando caen las Sombras
Clérigos y Guardianes

Standalone
Cuando el corazón siente la obligación de continuar
Por muy difíciles que sean las cosas...

Cómo escribir un libro
Decisiones de Acero
El secreto de la niña de madera

About the Author

Eli Key, de 22 años; oriunda de Gualeguaychú. Provincia de Entre Ríos, Argentina, es estudiante de marketing y trabaja como niñera para poder pagarse sus estudios. A partir de los doce años comenzó a escribir, y no fue hasta que leyó a Charlotte Brontë ya sus hermanas Anne y Emily, que comenzó a interesarse seriamente en la literatura. Después de conocer a Emily Dickinson; Richard Bach; Patrick Leigh Fermor; Megan Mayhew Bergman y Joan Didion, entre otros; se decidió a incursionar en ideas más decentes y prolijas, relativo a la narrativa y a las prolijidades de los textos. A partir de los dieciocho años, se arrojó de lleno a escribir todo cuanto pudiera salir de su pluma. Después de probar en varias plataformas digitales y de explorar los blogs, se decidió autopublicar en Draft2 Digital. Y mientras el país donde vive se debate en un mar de angustias y déficit económico; ella se esfuerza cuanto puede para depurar sus obras. *La vida no es fácil, se hace lo que se puede con lo que se tiene, pero al final de una tormenta siempre sale el sol;* es lo que dice siempre.